Season 19

▲ Episode 8

▼ Episode 10

▼ Episode 9

Season 19

相棒 season19

中

脚本・輿水泰弘ほか／ノベライズ・碇 卯人

朝日文庫

本書は二〇二〇年十月十四日～二〇二一年三月十七日にテレビ朝日系列で放送された「相棒　シーズン19」の第八話～第十三話の脚本をもとに、全六話に構成して小説化したものです。小説化にあたり、変更がありますことをご了承ください。

相棒 season19 中 目次

第七話「一夜の夢」 9
第八話「匿名」 59
第九話「超・新生」 103
第十話「オマエニツミハ」 151

第十一話「欺し合い」 239
第十二話「死神はまだか」 293

装幀・口絵・章扉／大岡喜直（next door design）

杉下右京　警視庁特命係係長。警部。
冠城亘　警視庁特命係。巡査。
小出茉梨　家庭料理〈こてまり〉女将。元は赤坂芸者「小手鞠」。
伊丹憲一　警視庁刑事部捜査一課。巡査部長。
芹沢慶二　警視庁刑事部捜査一課。巡査部長。
出雲麗音　警視庁刑事部捜査一課。巡査部長。
角田六郎　警視庁組織犯罪対策部組織犯罪対策五課長。警視。
青木年男　警視庁サイバーセキュリティ対策本部特別捜査官。巡査部長。
益子桑栄　警視庁刑事部鑑識課。巡査部長。
中園照生　警視庁刑事部参事官。警視正。
内村完爾　警視庁刑事部長。警視長。
社美彌子　警視庁総務部広報課長。警視正。
甲斐峯秋　警察庁長官官房付。

相棒

season
19 中

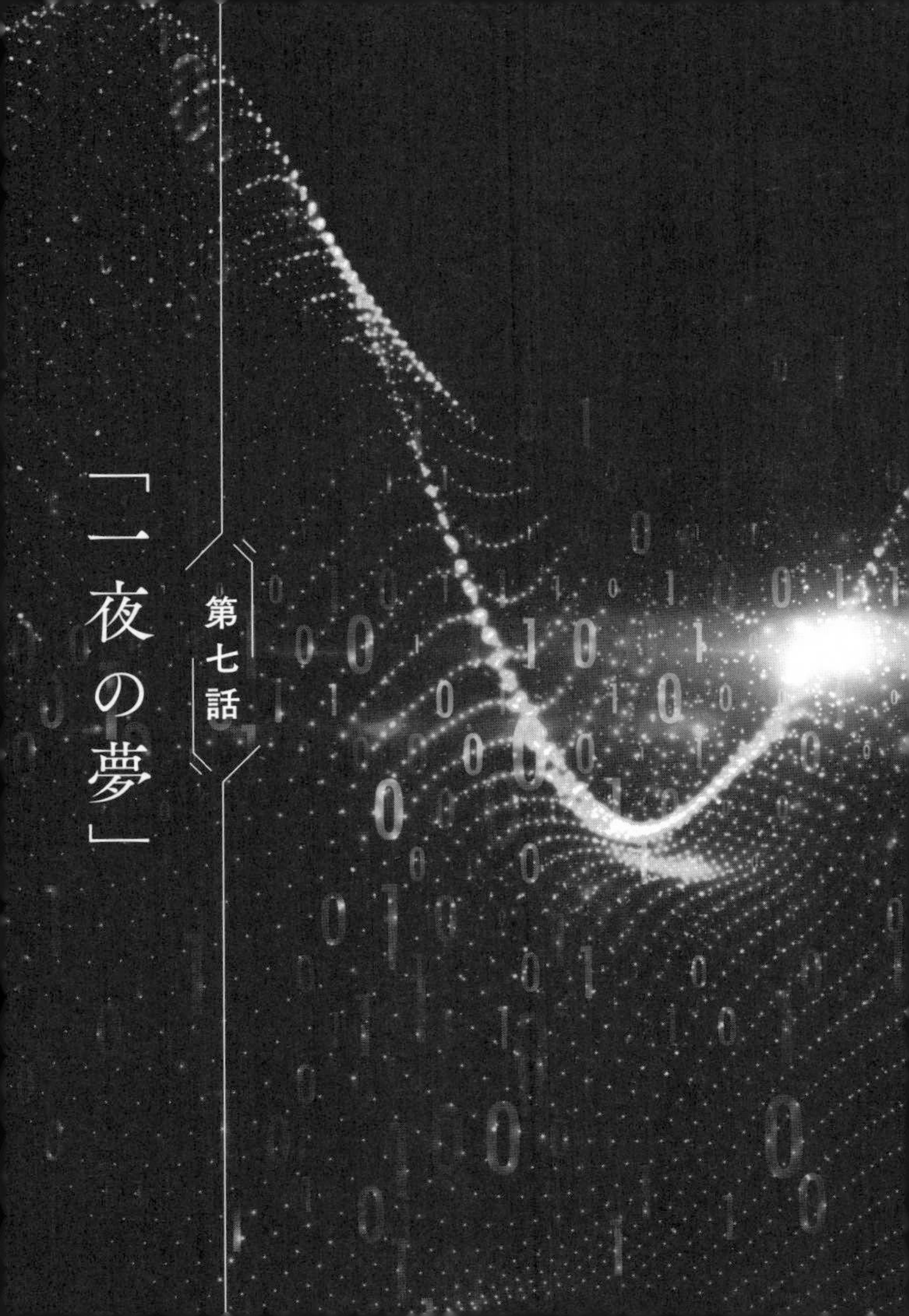
第七話
「一夜の夢」

一

宇野健介(うのけんすけ)はあと二年で四十歳に手が届こうというのに、よれよれのTシャツを着て繁華街の一角で客引きをしていた。

「キャバクラ、いかがですか？　ワンセット、三千円。かわいい子いますよ」

しかし、声をかけた気の弱そうなサラリーマンは「大丈夫です」と宇野を振り切って去っていった。宇野が恨めしそうにその背中を見送っていると、背後から声をかけられた。

「おい。ちょっといいか？」

振り返ると目つきの悪い男がふたりいた。同業者であることはひと目でわかった。ひとりが一方的に宇野の腕を取った。

「なんだよ？　おい、ちょっと放せ！」

抵抗むなしく路地に引きずり込まれた宇野は、もうひとりの体格のよい男からいきなり殴りつけられ、ゴミ捨て場に倒れ込んだ。

「あそこは俺たちのシマだって、前にも言ったよな」

「二度と顔出すんじゃねえぞ！」

立ち去ろうとする男たちに、宇野はゴミの中から拾い上げた空き缶を投げつける。

「だからなんだってんだ！」

空き缶は体格のよい男の背中に当たって、路地に転がった。男が逆上して戻ってくる。

「いい度胸してるじゃねえか。オラッ！」

今度は手加減なしだった。ふたりがかりで殴る蹴るの暴行を加えられ、宇野はたちまちボロ布のようになった。

「二度と来んじゃねえぞ、クズが！」

ゴミ捨て場に倒れたまま動けない宇野は、立ち去る男たちに「クズで悪かったな……」とつぶやくしかなかった。


三カ月後、宇野健介は小早川奈穂美を尾行していた。銀座のブティックから出てきた奈穂美がブランド物のハンドバッグに財布をしまいながら歩き出したのを目にした宇野は、チャンスとばかりに駆け寄っていき、わざと奈穂美にぶつかった。宇野の狙いどおり、奈穂美の手からハンドバッグが飛ばされ、中身が路上に散らばった。宇野は慌ててそれを拾い集め、バッグに放り込んでいく。

「大丈夫？　怪我なかった？」

トレーナー姿の宇野がバッグを差し出すと、高級ブランド服を身にまとった奈穂美は不愉快そうに「どうも」と答え、そそくさと去っていく。

「おい……」

呼び止めても振り返りもしない奈穂美は、よもや宇野にスマホを奪われたとは知る由もなかった。

宇野はその場で奈穂美のスマホの中の写真を検めた。何枚か調べるうちに、「小早川議員の誕生日を祝う会」と記された横断幕の下の金屏風の前で、父親と婚約者に挟まれて笑みを浮かべる奈穂美の写真が見つかった。さらに写真を調べた宇野は、予想以上の収穫に頰を緩ませることになった。

数日後の夜、宇野はきちんとスーツを着て高級レストランのテーブルに着いていた。

「うん、うまい！　やっぱり代議士の娘ともなると違うね、俺なんかとは住む世界が」

宇野の正面には奈穂美が座っていた。次の誕生日で三十歳を迎えるが、美貌は衰えていなかった。しかし、その美貌も眉間に皺を寄せていては台無しだった。

「そろそろ返してくれない？　言われたとおり、食事にも付き合ったんだから」

「ああ」宇野がスマホを取り出す。「これね。はい」

宇野からスマホを受け取った奈穂美は、まだひと口も料理を食べていなかったが、さっさと立ち上がった。

「ありがとう。じゃあ、わたしはこれで」

帰ろうとする奈穂美に、宇野が小声で告げた。

「データはコピーさせてもらった」

「えっ？」

「人に見られて困るようなものは、ちゃんと消しとかなきゃ」

宇野は手で奈穂美に着席を促すと、ステーキをうまそうに口に運んだ。

同じ夜、いつものように仕立てのよいスーツを一分の隙もなく着こなした警視庁特命係の杉下右京(すぎしたうきょう)は、レストランへ向かっていた。

「珍しいですねえ。君が奢(おご)ってくれるとは」

右京の相棒の冠城亘(かぶらぎわたる)はいつものようにノーネクタイで、白いワイシャツの第一ボタンは外していた。

「いつもお世話になってる右京さんを招待したいと、かねがね」

「誘ったどなたかにキャンセルされ、仕方なく僕に声をかけた。まあ、そんなところでしょうかね」

さっそく右京がお得意の推理力を発揮した。

「細かいことを気にするの、悪い癖ですよ」

亘が右京の口癖を逆手に取ったとき、ちょうど到着したレストランから、奈穂美と宇野が出てきた。

「ふざけないでよ」

奈穂美に非難されても、宇野は涼しい顔をしていた。

「ふざけてなんていないさ。君はもう僕と結婚する以外、道はないんだ」

「わたし、婚約してるの。あなたと結婚なんてするわけないでしょ」

ふたりの会話を小耳に挟んだ亘が、奈穂美に声をかけた。

「あの……大丈夫ですか？」

答えたのは宇野だった。

「あんたには関係ないだろ。余計なお世話です。さあ、行きましょう」

「ちょっと……触らないで」

言い争いながら去っていく奇妙なカップルを、右京と亘は不思議そうに見送った。


同じ夜の十時少し前、〈星宮家具〉の社長、星宮光一は、社長室でひとりパソコンに向かっていた。

デスクの上に置いていたスマホの待ち受け画面には、「小早川議員の誕生日を祝う会」の際に金屏風前で撮った写真から、光一と十歳ほど年下のフィアンセの部分だけをトリミングした画像が使われていた。と、スマホの着信音が鳴った。待ち受け画面が着信画面に変わり、公衆電話からの着信であることを知らせていた。

光一は怪訝な顔で電話に出た。

「もしもし?……えっ? わかった。必ず行く」

「おはようございます」

翌朝、右京が特命係の小部屋に出勤してくると、待ち構えていた亘がタブレットを片手に近づいてきた。

「おはようございます。右京さん、昨日の女性、どこかで見たと思ったら……」

タブレットの画面には、「小早川議員の誕生日を祝う会」を報じるネットニュースが表示され、金屏風前でポーズを取る三人の写真も載っていた。

「おや、与党幹事長、小早川泰造氏のご令嬢でしたか」

「小早川奈穂美さん。婚約中ですね。相手は業界最大手家具販売会社、〈星宮家具〉社長、星宮光一。他の男の入り込む余地、なさそうですね」

そこへ取っ手の部分にパンダがついたマイマグカップを持った組織犯罪対策五課長の角田六郎が入ってきた。角田はグレーのニットのベストを着ていた。

「おはよう。朝から暇か?」角田が黒縁眼鏡をずり上げて、タブレットをのぞき込む。

「あら、さすがに早いね」

「えっ？」

戸惑う亘に、角田が説明した。

「聞いてないの？　この〈星宮家具〉の社長、今朝他殺体で見つかったんだとよ」

そのときちょうど捜査一課の伊丹憲一が現場の河川敷に到着し、腹部から血を流している遺体に目をやったところだった。

「〈星宮家具〉の若社長か」

先に臨場していた後輩の芹沢慶二が報告する。

「ええ。朝六時過ぎに、警ら中の巡査が土手に違法駐車してあった車の持ち主を捜していて、遺体を発見したようです」

「おい、死因は？」

伊丹が鑑識課の益子桑栄に訊いた。

「出血性ショック死だ。刃物で腹をひと突きってやつだな。凶器はいまのところ、見つかってない」

「死亡推定時刻は？」

「昨夜九時から十一時の間ってところだろうな」

　そこへ捜査一課に配属になってまだ数カ月しか経っていない出雲麗音（いずもれおん）がやってきた。

「被害者の携帯ですが、最後の通話記録は昨夜十時でした」

「相手は？」

　伊丹の質問に、麗音が答える。

「公衆電話だったので、特定はできていません」

「つまり、犯行時刻は昨夜十時から十一時の間ってことか……」

　伊丹が遺体を見下ろして言った。


　伊丹は芹沢、麗音とともに〈星宮家具〉の本社ビルを訪ね、光一の父で会長の星宮誠一（せいいち）に事情を説明した。

「光一さんの遺体が発見されたのは、神堀川（かみほりがわ）の河川敷です」

「いったい誰が……」

　悲痛な表情の誠一に、芹沢が言った。

「光一さんは、昨夜十時過ぎまで、この会社にいたことは確認できています」

「その後、何者かに呼び出されて河川敷に向かったようですね」

　伊丹のことばを受けたのは、そのときちょうど現れた右京だった。

「その何者かは刃物を用意していた。計画的な犯行の可能性が高そうですね」

「遅くなりました」

亘が会釈すると、芹沢は「呼んでないから」といなした。

「やっぱり来ましたね」

笑みを浮かべる麗音を、芹沢が叱った。

「なに喜んでるんだよ、お前」

右京はかまわず問題点を指摘した。

「しかし、一流企業の社長を人気(ひとけ)のない河川敷に呼び出せる人物となると、非常に限られますよね」

亘が誠一に向き合った。

「なにか心当たりは？　たとえば、誰かの恨みを買っていたとか……」

「なに、勝手に訊いてんだよ」

伊丹が目くじらを立てる傍らで、誠一はなにか思い出したようだった。

「もしかしたら……」

「なんでしょう？」伊丹が促す。

「去年、社長の座を譲ってすぐ、光一は会社を合理化すると言って、四十名以上のベテラン社員をリストラしたんです」

「じゃあ、その中に逆恨みをしていた者がいる可能性もありますね」

芹沢の発言を受け、麗音が誠一に顔を近づけた。

「リストラされた方の名簿を見せていただけますか?」

「上杉(うえすぎ)くん、案内して」

会長が秘書に命じた。

「はい。こちらにどうぞ」

上杉と呼ばれた秘書が先に立って歩き出すと、芹沢と麗音があとに続いた。伊丹は特命係のふたりに釘(くぎ)を刺すのを忘れなかった。

「ついてきちゃ駄目ですよ」

捜査一課の三人の姿が消えたところで、右京が誠一に質問した。

「ところでご子息は、来月、小早川泰造議員のご令嬢とご結婚の予定だったそうですが、おふたり、あるいはご両家の間に、なにかトラブルのようなことは?」

「いや、ありません。本人たちも異存はないようでしたし、うちとしてもこの上ない良縁でしたから」

「そうですか」

「それがどうしてこんなことに……」

跡継ぎを失った会長は頭を抱えた。

右京と亘は続いて小早川邸を訪問した。玄関先でふたりを迎えたのは、奈穂美だった。

「おふたり、警察の方だったんですね」

「こんなときに押しかけてすみません。警視庁特命係の冠城です」

「杉下です」

「なんでしょう？　光一さんのことなら、もう他の警察の方に話しましたけど」

不審がる奈穂美に、右京が用件を告げる。

「実は、昨夜あなたがご一緒されていた方の連絡先をお訊きしたいと思いましてね」

「強引なプロポーズの彼です」

亘のひと言を聞いて、奈穂美の顔色が変わった。

「まさか、あの人が光一さんを？」

「いえいえ、そういうわけでは」

右京がごまかした隙に、亘が質問をぶつけた。

「ちなみに、あの人とはどういう関係ですか？」

「落とした携帯を拾って届けてくれたんです。そのお礼に食事をしただけです」

そのとき小早川泰造が不機嫌そうな顔をして玄関先に現れた。

「またぞろ、警察がなにかね？　光一くんのことは残念だが、娘は事件とはなんの関係もないんだ。妙な噂が立つのはかなわん。遠慮してくれたまえ」

「もちろん。知りたいことさえわかれば、すぐに退散いたしますので」

右京のことばに、泰造は娘を一瞥した。

「なんのことだ？」

奈穂美が宇野健介の名刺を渡すと、特命係のふたりはおとなしく引き揚げていった。

しかし、父親のほうは奈穂美の動揺を見抜いて、詰問した。

「さっきの名刺はなんだ？　なにがあった？」

「大変なことになっちゃった……」

奈穂美は不安そうな表情でスマホを操作し、父親に一枚の写真を見せた。


右京と亘は奈穂美からもらった名刺を元に繁華街を歩き回り、ようやく目的の相手を見つけた。

「宇野健介さんですね？」

亘に声をかけられて、宇野が顔を上げた。

「えっ？　ああ、あんたら、昨夜の……」

「警視庁の杉下です」

「冠城です」

右京と亘から警察手帳を見せられ、宇野の顔に戸惑いの色が浮かんだ。

「警察が僕になにか用でも？」

　右京が口火を切る。

「星宮光一さんが何者かに殺害されました」

「星宮？　知らないなあ。誰なんですか？」

「〈星宮家具〉の社長です。あなたが昨夜ご一緒だった小早川奈穂美さんの婚約者ですよ」

「彼女の婚約者が殺された……」宇野は一拍おいてから、わざとらしく笑った。「そりゃツイてるなあ。これで邪魔者はいなくなったってわけか」

「その運命、君が強引に変えた……なんてことは？」

　亘がストレートに問い質す。

「はあ？　僕が殺したっていうの？」

「さあ、どうでしょう」

「そうか……彼女と結婚するためなら、それぐらいすべきだったのかもしれないな。まあ、誰かに先を越されたいまとなっちゃ、手遅れだけど」

「ちなみに昨夜、あのレストランを出たあと、どこでなにを？」

　亘が訊くと、宇野は即答した。

「彼女と別れたあと、もう一軒飲みに行ったな」宇野がポケットからショップカードを取り出した。「あっ、ここです。あの……もうそろそろいいですかね？　仕事遅れると、ペナ厳しいんで」

宇野はそう言い残し、ふたりの前から去っていった。

ふたりはその足で、ショップカードに記された住所を訪ね、前夜に宇野が飲みに行ったというスタンディングバーに入った。

店内では四十代半ばと思しき店長の中島剛と、それより四つ五つ若く見える女性店員の花牟礼静香、二十代の男性店員、岡本大輝が開店準備をしていた。

亘が差し出した宇野の写真をしげしげと眺め、店長の中島が言った。

「ああ、このお客さんなら覚えてます。来店してすぐに……」

中島によると、宇野は近くに遅くまでやっている薬局がないか尋ねたという。それに対して、岡本が九時までやっている薬局ならあると答えると、宇野は腕時計を見て、「九時半か。もう終わってるな」とつぶやいたとのことだった。

「来店は九時三十分」亘は頭の中にメモをして、「帰ったのはいつかわかります？」

「いや、どうだったかな？」中島が首をひねる。「昨日、混んでたんで……。レジ打ったのは？」

店長の質問に、静香が手をあげた。

「あっ、わたしです。たしか……」静香はレジへ向かった。「お帰りは十一時半です」

「おや、レジの情報だけで人物を特定できるんですか？」

興味を示す右京に、静香が答えた。

「スマホのアプリ決済だったんで、覚えてたんです。うちでは珍しいので」

「ああ、なるほど」右京が納得した。


バーを出たところで、亘が右京に言った。

「犯行時刻は昨夜十時から十一時の間。九時半から十一時半までこの店にいたとなると、アリバイ成立ですかね？」

右京は疑り深かった。

「いかにもですねえ」

「ん？」

「来店直後に、店員に時刻を確認させ、帰りもアプリ決済で店を出た時刻の記録を残しておく……。いかにも、ではありませんか？」

亘も右京の考えを理解した。

「たしかに。その間、ずっと店にいたかどうかも確認できませんしね」

「ええ。とにかく、彼のことは詳しく調べる必要がありそうです」

自宅の縁側で放心状態だった奈穂美のスマホが鳴った。登録されていない電話番号からだったので、おそるおそる電話に出る。

「もしもし？」

かけてきたのは宇野だった。

――おめでとう！　婚約者、誰かに殺されたんだって？　いま、僕のところに警察が来たよ。

「もしかして……あなたなの？」

――そんなわけないだろう。僕にはれっきとしたアリバイがある。ねえ、それよりいまから会って、僕たちの未来について考えない？

「未来って……」

――結婚だよ！　式の日取りとか、新婚旅行先とか、いろいろ決めなきゃ。だろ？

「本気で言ってんの？」

――もちろん。わかってると思うけど、君には拒否権なんてものはないから。

スマホの向こうの宇野の高笑いが、奈穂美の神経をズタズタに傷つけた。

二

翌日、特命係のふたりは犯行現場の河川敷に行ってみた。亘が周囲を見回した。

「人気(ひとけ)もなく、道路からは死角になっている。殺害にぴったりの場所ですね。でも犯人はどうやって、こんなところに星宮社長を呼び出したんでしょうね?」

右京は解答を思いついていた。

「奈穂美さんの携帯を宇野が拾っています。その中には、星宮社長個人の携帯番号もあるはずです」

「なるほど。携帯に電話して、奈穂美さんのことで話があるとでも言えば、応じざるを得ませんね」

右京が近くにブルーシートの切れ端や食べ物のパッケージなどのゴミが捨てられているのに気づいた。ホームレスのねぐらの跡のようだった。

「ここ、誰か住んでいたようですねえ」

亘がゴミの中から夕刊紙を拾い上げた。

「ちょっと……右京さん」

「おや、事件当日の夕刊ですか。つまり住人は、事件の日の夕方まではここにいた。これ、ひょっとすると、ひょっとしますよ」

「ひょっとするって?」

「事件を目撃した可能性がありますよ」

「だが事件に関わったら、不法占拠を咎められると思い、慌ててねぐらを引き払った。しかし、相手が誰だかわからないんじゃ、捜すの無理ですよね」

亘は興味を失ったように遠ざかっていったが、右京はゴミを丹念に調べ、つまみのような物体を拾い上げた。

特命係の小部屋に戻った右京と亘の元に、サイバーセキュリティ対策本部の青木年男がタブレットを持って、得意げにやってきた。

「どうぞ！　お望みどおり、宇野健介の過去を調べてあげました。これは貸しですからね」

亘が青木の頭を撫でる。

「いい子、いい子、役に立つねえ」

青木は亘の手を邪険に振り払った。

「宇野には前科がありました。六年前、閉店後の飲食店に侵入し、売上金を盗んで逮捕、起訴されています。執行猶予付きの判決で収監はされてませんが」

右京が青木からタブレットを受け取り、表示された資料に目を通した。

「裁判記録に情状酌量を求めた母親の証言が残っていますね。墨田区の高校を卒業後、就職した工務店が倒産。その後、日雇いの肉体労働など、職を転々とした挙句、体を壊して働けなくなり、金のために盗みを働いた……」

亘もタブレットをのぞき込む。

「事件の翌年、母親は病死。宇野はその後も立ち直ることなく、いまも違法な客引きをして生計を立てている。あまり恵まれた人生とは言えないようですね」

「そんな男が、大物代議士の令嬢と結婚するために、その婚約者を殺害したというんですか？　そんなことしたって、結婚なんて無理に決まってるじゃないですか」

鼻で笑う青木に、亘が言った。

「ところが、そいつは自信満々なんだよ。お前みたいに」

青木が舌打ちする。

「ただのおかしい奴としか思えない」

右京が考えを口にした。

「考えられるのは、拾った奈穂美さんの携帯の中に、なにか彼女の弱みを見つけ、それをネタに脅迫している、という可能性でしょうかねえ」

「同感です」亘が同意する。「そうじゃなきゃ、あんな強引なプロポーズ、無理ですからね」

しかし、青木は納得しなかった。

「弱み握って、結婚しろと脅してるんですか？　聞いたことがない。普通、金でしょ！」

「ええ、僕もそこが引っかかっています。なぜ結婚にこだわるのか。金を要求するだけならば、殺人を犯す必要もありません」

右京のことばに、亘が「たしかに」とうなずいたとき、スマホを眺めていた青木が声をあげた。

「えっ？　なんか面白いことになってきたぞ」

「どうした？」

亘が興味を示す。青木が見ていたのは、ＳＮＳの投稿だった。

「小早川奈穂美の友達の友達が、興味深いことを書き込んでて……」

亘が青木のスマホを奪い取る。

「もったいつけずに見せろ。あっ、右京さん」

スマホの画面には、友人が小早川奈穂美から受け取った婚約披露パーティーの招待メールが紹介されていた。友人による感想も書かれている。

――『予定通り、婚約披露パーティーを開催します。ぜひご参加ください。小早川奈穂美』　婚約者殺されたのに婚約披露パーティーやるって、どういうこと⁉　びっくり！

「婚約披露パーティーは予定どおり開催ですか……」

「婚約者が殺されたっていうのに⁉」

亘が驚くのも無理はなかった。

数日後、都内のレストランで奈穂美の婚約披露パーティーが開催された。きらびやかなドレス姿で来客に挨拶をして回っていた奈穂美は、部屋の隅に特命係のふたりがいるのに気づいて、近寄った。

「よく入れましたね」

亘が答える。

「警察手帳、それなりに威力あるんで」

「で、今日はなんでしょう？」

冷たい口調で問う奈穂美に、右京は慇懃無礼に答えた。

「婚約者が亡くなられたにもかかわらず、婚約披露パーティーが予定どおりおこなわれるのはどういうことなのか、気になりましてね」

「それこそ大きなお世話だと思いますけど」

そこへ宇野健介が現れた。

「来るんじゃないかと思ってましたよ」

宇野はその場にふさわしく正装だった。

「おやおや、こんなところでお目にかかれるとは」

「彼も呼んだんですか？」

亘に訊かれても顔を曇らせるばかりの奈穂美に代わって、宇野が言った。

「それより確かめました？　僕のアリバイ」

「ええ」右京が認めた。「当日夜九時半から十一時半の間、教えていただいたバーにいらしたようですね」

「これですべての問題は解決だ」宇野がにやりとした。「さあ、さっそくはじめましょうか」

宇野が奈穂美の背中に手を当て、壇上へといざなう。奈穂美は暗い顔のままマイクの前に立った。そして思いを断ち切るかのように目を閉じると、無理やり笑みを浮かべた。

「皆さん、今日はお集まりくださり、ありがとうございます。婚約者だった光一さんが亡くなったことは、わたしにとっても大きなショックでした。しかし、そんなわたしを支えてくれる方との出会いがあり、わたしは前を向いて歩く決意をしました。わたしの新しい婚約者を紹介します」

奈穂美のひと言で会場がざわついた。それを無視して、奈穂美が続けた。

「宇野健介さんです」

宇野が登壇し、奈穂美の横に並んだ。

「皆さんが驚くのは無理もありません。私は奈穂美さんと知り合ってまだ日も浅いです。

しかし、私ほど奈穂美さんを愛する人間はいません。私は奈穂美さんを必ず、幸せにします」

見ず知らずの男の挨拶に、出席者たちが一斉に戸惑いの声を漏らした。と、どよめきを打ち破るように、拍手の音が鳴り響いた。小早川泰造が場をリードするように手を打ち鳴らしていたのだ。出席者たちも次第に同調するように手を打ちはじめ、やがて会場は万雷の拍手の音で満ちた。

パーティー会場からテラス席に出てきた小早川泰造は、特命係のふたりに不満をぶつけた。

「こんな席にまで乗り込んでくるなんて、どういうつもりなんだね？」

「お嬢さまにひと言、お祝いのことばをと」

ぬけぬけと口にする右京を、泰造がにらみつける。

「呆れたね。君たちはいったい、なにを追ってるんだ？」

亘が即答する。

「もちろん、星宮光一さん殺害の犯人ですよ」

「その件なら、娘は無関係だと言ったはずだ」

「お嬢さまの新しい婚約者のことが気になっています」

右京が本音をぶつけると、泰造はわずかに目を瞠った。

「宇野くんが事件に関係しているとでもいうのか？」

「ええ。我々はそう考えています」

「その根拠を聞かせてもらおう」

「申し訳ありませんが、捜査に関わることですので」

亘が上司に調子を合わせた。

「そういう決まりですので」

むっとする泰造をテラスに残して庭に出たところで、亘が右京に言った。

「それにしても、タイミングよく娘に近づいた宇野を、まったく疑うことなく受け入れたとは思えませんけどね」

「疑っていたとしても、脅迫され、認めざるを得なかった、ということかもしれませんん」

「だからこそ、我々に探りを入れてきた……」

「それに、婚約者が亡くなったばかりで新たな婚約者を披露するパーティーを開く……。普通では考えられませんよねえ」

そう語りながらも、右京の視線は窓越しに奈穂美と密談を交わす眼鏡の男に注がれていた。

「冠城くん」

「はい」

　意図を察した亘は、眼鏡の男のほうへ近づいていった。

　右京は特命係の小部屋に戻り、パソコンで調べ物をした。いつものようにコーヒーを無心に来た角田が、そのパソコンをのぞき込んでいると、亘が部屋に入ってきた。

「戻りました」

「おう」

「課長……暇か？」

「バカ！」自分の口癖を逆手に取られた角田が応じた。「追ってた男って、田淵洋治だったんだって？」

「ええ。〈Ｔａｂ・システムズ〉の社長でした。課長、ご存じですか？」

「ああ。昔から黒い噂がある奴だよ」

「黒い噂？」

「表向きはシステム開発会社の社長ですが、裏ではこんなものを作っているようですよ」

　右京がパソコンのディスプレイを示す。画面にはルーレットが浮かび上がっていた。

角田が説明する。

「オンラインカジノで使われているシステムだ。まあ、システム作ってるだけなら違法とは言えないが、どうやら田淵は〈銀龍会〉がやってる裏カジノ経営にかなりの額を出資してるって噂だ。中にはＶＩＰ専用の店舗もあって、毎晩、数千万の金が動いているらしい。年間数十億の金が田淵と〈銀龍会〉に流れてるっていうんだから、とんでもない話だよ」

亘が角田の話を咀嚼する。

「そんな人物と奈穂美さんが関係があった……。奈穂美さんも違法行為に手を染めている可能性ありますね。それを宇野がつかんだとしたら……」

右京もすでに同じことを考えていた。

「ええ。小早川代議士の進退に関わる大きなスキャンダルになるでしょうねえ」

「だから結婚を認めざるを得なかった……」

「もし、その宇野って奴が持ってる証拠なりが手に入ったら、真っ先に知らせてくれ。裏カジノ摘発の突破口になる」

角田が出ていくのと入れ替わりで、参事官の中園照生が入ってきた。

「杉下！　冠城！」

「おや、これはお珍しい」

「参事官、なにか？」

興味を示す右京と亘に、中園が高圧的な口調で言った。

「お前ら、また勝手なことをしてるようだな」

「どこかからのクレームですかね？」亘は意に介していなかった。「まあ、予想はつきますがね」

「よりによって与党幹事長、小早川先生から直々に連絡があった。お前たち、ご令嬢の婚約者に疑いをかけているというのは本当か？」

右京が中園の目を見て言った。

「まだ、確証には至っておりませんが、調べるに足る疑いは十分にあるかと」

「まさか、手を引けと？」

亘が中園の命令を先読みしたが、予想外の答えが返ってきた。

「勝手にしろ」

「はい？」右京が意外そうな顔になる。

「小早川先生は、お前たちに、娘の婚約者の身の潔白を証明してほしいとおっしゃっている。だから勝手にしろ。以上」

それだけ伝えて去っていく中園を見送りながら、右京と亘は顔を見合わせた。

その夜、右京と亘は家庭料理〈こてまり〉を訪れていた。

「どうぞ」以前小手鞠という名で赤坂で芸者をやっていた女将の小出茉梨が右京に酌をする。「それにしても、小早川先生も災難ですよねえ。娘婿になるはずだった方が殺されてしまうなんて」

小手鞠のことばを聞いた亘が興味を示した。

「小早川代議士、ご存じなんですか？」

「ええ。芸者時代に何度かお座敷に呼んでいただきました」

「豪放磊落に見えて、その実、繊細な心配りをする方だとか」

右京のことばに、女将はうなずいた。

「ええ。わたしの誕生日、どこかで調べて、プレゼントをくださいました」

「なかなか、できることではありませんねえ」

「我々も見習わなくては」

「でも、先生、やっといい跡継ぎが見つかったというのに、またこれで振り出しか……」

女将のつぶやきを、亘が聞き咎めた。

「もしかして、小早川代議士は娘婿の星宮光一さんを、自分の後継者にしようと考えていた？」

小手鞠は、「嫌だ、これはわたしの勝手な想像ですよ」と笑い飛ばした。

「想像……ですか」右京は信じていなかった。

「お腹すいてらっしゃいますよね。いますぐになにかお作りしますね」

小手鞠が奥へ下がったところで、亘が右京に訊いた。

「しかし、どういう風の吹き回しなんでしょうね。捜査しろ、なんて」

「我々に宇野を逮捕させ、排除するつもりなのでしょう」

「しかし、それは諸刃の剣ですよ。逮捕された途端、脅迫のネタが公になる可能性も……」

「そうならないように、当然、なにか手を打っているはずですよ」


その頃、宇野がアパートに戻ってきた。灯りをつけた宇野は、部屋がひどく荒らされているのを知って、うろたえた。

と、照明が突然消え、物影から現れた人物に痛烈なパンチを浴びせられた。

三

翌日、特命係のふたりは宇野健介が入院している病院を訪れた。ベッドの上の宇野は、頭に包帯を巻かれ、顔のあちこちにガーゼが貼られていた。しかも、右腕はギプスで固められていた。

「どうも」

亘が軽い口調で挨拶すると、宇野は愉快そうに目を輝かせた。

「あんたたち、よほど暇みたいだね」

「ええ、窓際部署ですので」右京が会釈した。

「ずいぶん派手にやられたみたいだね」

ベッドを見下ろす亘に、宇野が訴えた。

「もう、ツイてないっすよ。空き巣と鉢合わせしてこのとおり……」

「犯人の顔は？」

「いや、暗闇でいきなりやられたんでね」

「となると、やはり単なる空き巣狙いではないようですね」

右京の思わせぶりな発言に、宇野が「はっ？」と返す。

「ここに来る前に、あなたの部屋を見てきました。押し入れはおろか、畳までめくってなにかを捜したようでした。そこまでするのは、どうしても手に入れたいなにかがあったと考えるのが普通です。あなたを襲ったのも、それが見つからず、あなた自身が持っていると思ったからではないでしょうかね」

「僕がなにか宝物でも持ってるとでも？」

宇野はとぼけたが、亘は相手にしなかった。

「襲った者たちにとっては、宝物以上だろうな。それが奈穂美さんの携帯に入っていたデータのコピーなら。君は奈穂美さんの携帯の中に脅迫のネタを見つけ、彼女に結婚を迫っている。そう考えると、彼女への自信満々のプロポーズも、小早川代議士がそれをすんなり受け入れたのも納得いくんだけど」

宇野が苦笑した。

「そのうえ、僕は奈穂美さんを手に入れるために、彼女の婚約者を手にかけた。そう言いたいのかな？　冗談じゃありませんよ。小早川先生が奈穂美さんとの結婚を許したのは、僕という人間を認めたからです。訊いてみるといい。星宮なんかより、僕のほうがよほど奈穂美さんにふさわしいと言うはずだから」

「おや、まるで星宮光一さんをよくご存じのようですね」

右京の問いかけを、宇野は鼻で笑った。

「知らなくたってわかるよ。どうせ苦労知らずのボンボンに決まってる。苦労して生きてきた僕のほうが、よほど小早川家にはふさわしい」

「だけど、その小早川代議士の息のかかった者たちが、君をこんな目に遭わせたのかもしれないな」

亘がギプスに触れると、宇野は大げさに騒ぎ立てた。

「あっ、痛い痛い痛い！　看護師さん、来てくださーい！」

亘は特命係の小部屋で事件を検討していた。

「しかし厄介ですね。脅迫のネタが奈穂美さんの違法行為だとすると、小早川代議士はなにがなんでも隠そうとするでしょ？　そうすればするほど、宇野の思うつぼ」

右京もまだ事件の構図を読み切れていなかった。

「そのことですが、ますますわかりません。それほどの秘密を握っているのであれば、その気になれば、相当な額の金を要求できるはずです。なのに、金ではなく、あくまで奈穂美さんとの結婚を望み、おそらく殺人まで犯した。彼の真の狙いがわかりません」

「たしかに謎ですね」

そこに伊丹が青木を引っ立てて入ってきた。うしろに芹沢と麗音の姿もあった。

「特命係はいったい、なにを調べていらっしゃるんでしょうか？」

「痛いなあ！」

力ずくで椅子に座らされた青木を横目に見ながら、芹沢が言った。

「中園参事官が特命係を泳がしてると聞いて、子分の青木ならなんか知ってると思ったんですけど、こいつ、なかなかしぶとい」

「誰が子分だよ」

青木が反論したが、誰も聞いていなかった。亘が捜査一課の面々にかまをかける。

「我々の動きが気になるということは、もしかして捜査に行き詰まってます？」

「うるせえよ」

不機嫌に返す伊丹に代わって、麗音が説明した。

「星宮光一にリストラされた四十二名全員、アリバイが成立してしまって……」

「そこまで正直に話さなくていいんだよ！」

芹沢が麗音を叱りつけたところで、右京が手を打った。

「あっ、ちょうどよかった。目撃者捜しには人手が必要です。ご協力願えますか？」

「目撃者？」

訊き返す伊丹の前に、右京が星宮の殺害現場近くで拾ったつまみのような物体を掲げた。

「これなんですがねえ」

捜査一課の三人は謎の物体をぼかんと見つめた。

捜査一課の三人は特命係のふたりとともに、星宮光一の亡くなった河川敷にいた。右京は麗音と組んで、とあるホームレスのねぐらを捜索していた。

「どうですか？」

右京の問いかけに、麗音は「ありませんね」と首を振った。

「では、次行きましょう」右京は麗音を促し、ホームレスに礼を述べた。

「ありがとうございました」

伊丹と芹沢もペアになって他のホームレスのねぐらを当たったが、成果は芳しくなかった。

青木も亘に無理やり連れてこられていた。

「なんで僕まで……」

文句たらたらの青木を、亘が小突いた。

「つべこべ言わずに探すの」

「乱暴はよせ!」

そのふたりが木島義男(きじまよしお)という名のホームレスが鍋を焚(た)き火にかけているのを見つけた。

木島はつまみのない鍋の蓋(ふた)を開けようとして、苦労していた。

「熱っ!　あちちち……あっち〜」

亘から呼ばれた右京が、木島の鍋蓋に持参した物体を取りつけた。それは鍋蓋にぴったりはまった。

「ああ、間違いないようですね」

木島が目を輝かせる。

「おお、ありがとう！　これがないとな、熱くて大変だったんじゃ。あんたら、わざわざこれを届けに？」

右京が微笑(ほほえ)んだ。

「いえ、そのことではなくて。あなた、ここに移る前の日の夜、殺人事件を目撃していませんか？」

「見とらんわ」

「本当に見ていませんか？」

右京が念押しすると、木島は目を伏せた。

「暗かったし、わしは目が悪いからのう。声なら聞いたけどな」

「声ですか？」

亘に確認され、木島は渋々打ち明けた。

木島が段ボールハウスの中で眠っていると、「よう。二十八年ぶりだな」という男の声が聞こえてきた。そのあと気になって見にいってみると、眼鏡をかけた男が腹部を血に染めて倒れていた。男はすでに息をしていなかったと木島は語った。

一同は警視庁に戻った。しばらくして、捜査一課の三人が特命係の小部屋にやってきた。麗音が捜査資料を右京に渡した。

「これが星宮光一さんの略歴です」

右京はさっそく資料に目を通した。

「ちょっと拝見。おや、星宮光一さんは養子でしたか。旧姓は井口とありますねえ」

「もともと、母ひとり子ひとりの家庭で育って、十歳のときに、星宮家に養子に入ったみたいですよ」

芹沢が漏らした情報に、右京が飛びついた。

「十歳……。ちょうど二十八年前のことですねえ」

亘が他のことに気づいた。

「養子に入る前の住所は墨田区。たしか、宇野健介の高校も墨田区だったはず。ふたりが知り合いだった可能性はありますね」

「宇野健介って誰だ？」

伊丹が聞き覚えのない名前に反応したが、右京は「そのことはおいおい」と受け流し、亘に言った。

「冠城くん、我々は大きな勘違いをしていたようです。宇野が最初に目をつけたのは奈穂美さんではなく、星宮光一さんのほうだったんですよ」

「だとしたら、事件はまったく違って見えてきますね」

「ええ」

右京の眼鏡の奥の瞳がきらりと輝いた。

後日、早くも退院した宇野健介は小早川邸の和室で座卓を挟んで泰造と向き合っていた。宇野はギプスで固定した右腕を三角巾で吊っており、顔にも絆創膏が貼られていたが、だいぶ回復していた。宇野は持参したノートパソコンを左手で器用に操作し、泰造に動画を見せた。宇野のアパートの部屋を数人の男が家捜しするようすが記録されていた。

「用心に越したことはないと思いましてね。もし、これを警察に渡せば、ここに映っている連中と、あなたとの関係はすぐにわかるだろうな」

「なんのことかね？　まったく身に覚えがないがね」

泰造がしらばくれると、宇野はノートパソコンを閉じて立ち上がった。

「そうですか。じゃあ、これは警察に。あっ、ひょっとしていま、僕を消そうなんて考えてます？　やめたほうがいいですよ。その瞬間、あなた自身が地雷を踏む仕掛けになっていますから。では……」

「待ちなさい」泰造が呼び止めた。「君はいったい、なにが望みだ？」

「僕をあなたの後継者にしていただきたい」

泰造は顔を歪め、しばし黙考してからおもむろに口を開いた。

「私の秘書からはじめなさい」

「ありがとうございます。それでこそ、僕のお義父さんだ」

「警察は君を疑っているようだ。光一くんの件だ」

「ああ、特命係とかいう連中でしょ？」宇野は鼻で笑った。「心配には及びません。まったく身に覚えのないことです」

「せいぜい気をつけることだ」

「頑張りますよ。僕は生まれ変わるんです」

宇野は右腕のギプスを引き抜くと、畳に叩きつけて去っていった。ギプスは偽装だった。

翌日、右京と亘は喫茶店にひとりの女性を呼び出した。

「亡くなった星宮光一さんの、実のお母さまですね？」

右京が丁寧な物腰で呼びかけると、井口啓子は「はい」と頭を下げた。

着席するとすぐ亘が口火を切った。

「光一さんを養子に出されたあと、いまのご主人とすぐに再婚されてますよね？」

「はい」啓子は訴えかけるように語った。「光一がいまの主人をとても嫌っていて、結婚もダメになりかけたんです。そんなとき、養子を探しているご夫婦がいるという話を聞いて……」

右京が話の先を読む。

「それが、星宮夫妻だった」

「はい。ちょうど〈星宮家具〉が大きくなりかけたときで、ぜひ光一を跡継ぎとして養子に欲しいと、そう言ってくださって。それがこんなことになるなんて」

悲しみに俯く啓子のバッグからアルバムがのぞいているのに、右京が気づいた。

「それはお願いした光一さんの子供の頃のアルバムですか。よろしいですか？」

「どうぞ」

「拝見します」

右京はアルバムをめくり、光一の面影のある眼鏡をかけた少年が、目のくりっとした小柄な少年と仲良さそうに写っている一枚に目を留めた。

「この少年は？」

「宇野くんです。宇野……健介くんっていったかな？　光一がその頃、一番仲良くしていた友達です」

「そうですか」

納得する右京に、亘が耳打ちした。

「やはり、ふたりは知り合いだったようですね」

右京はそのとき別の写真を食い入るように見つめていた。その写真には、光一と宇野と、もうひとり活発そうな少女の三人が写っていた。

「冠城くん」

四

右京は隅田川沿いの公園に花牟礼静香を呼び出した。

「申し訳ありません。こんなところにお呼び立てして」

「なんのお話ですか？」

静香はつっけんどんな口調だった。

「二十八年前、三人でよくここで遊んでいたのでしょうかねえ」

右京のことばを受け、亘が井口啓子から借りてきた写真を取り出して、静香に見せた。

「これは宇野健介さん。これはのちの星宮光一さん。そして、これはあなたですね？つまり、あなたは宇野健介を知っていた。にもかかわらず、それを我々に黙っていた。もしかして、彼と付き合ってるとか」

「そんなんじゃありません」静香は首を横に振った。「行くとこないっていうから、一緒に住んでいたこともあったけど……」

「じゃあ、どういう？」

「子供の頃からずっと知ってるんです。学校が終わったらここで、日が暮れるまで三人で遊んで。みんな、ひとり親の家庭で、帰ってても家に誰もいなかったから……。だから突き放したりできないいんです。健介、なにやってもうまくいかなくって、運にも人にも見放されて。だから、わたしぐらいは味方になってあげなきゃって、そう思って……」

「それが彼のアリバイ工作を手伝った理由でしょうか？」

「そんなこと……」

右京に指摘され、静香が口ごもる。右京がさらに追及した。

「バーの従業員であるあなたならば、彼を裏口から外に出すことができました。そして、彼のアリバイを証明するアプリ決済。あなたが彼の携帯を預かれば、本人でなくとも可能ですね」

「知りません！　わたしはそんなことしていません。彼はずっと店にいました！　本当です……」

静香は懸命に言い募ったが、顔にははっきりと動揺の色が浮かんでいた。右京の追及が続く。

「あの夜、宇野が星宮光一さんを殺害したことは、まず間違いありません。だとすると、あれほど仲のよかった友人をなぜ殺さなければならなかったのか。我々はその答えが二十八年前にあると見ています。花牟礼さん、二十八年前になにがあったのでしょう？」

後日、宇野健介と小早川奈穂美の結婚式がとりおこなわれる教会の控室で、正装した泰造が純白のウエディングドレスを身にまとった娘を問い詰めていた。

「もう時間だぞ。宇野くんはどうした？」

もうすぐ結婚式がはじまるというのに、新郎の姿が見当たらないのだった。宇野からなにも聞かされていなかった奈穂美は、憂鬱な表情で首を横に振るばかりだった。

と、ドアがノックされた。ようやく宇野がやってきたのかと思いきや、入ってきたのは角田を先頭にした捜査員たちだった。

「なんだ？　君たちは」

見知らぬ男たちの闖入に気色ばむ泰造に、角田が警察手帳を掲げた。

「警視庁組織犯罪対策部です。お嬢さんに大事なお話が」

そのとき宇野健介はタキシードの胸にコサージュをつけ、近くのビルの屋上から、教会を見下ろしていた。そこへ亘が現れた。

「いいんですか？　もう式の時間では？」

「待たしときゃいいんですよ」宇野はふくみ笑いを漏らした。「主役がいなきゃはじまらない。それより、まだ僕になにか？」

亘の背後にいた右京が進み出た。

「今回の事件の謎がすべて解けたので、そのご報告にと思いまして」

「やっと星宮を殺した犯人がわかったんですか？」

「いいえ、犯人は最初からわかっていました。あなたです」

「そこまで言うなら、たしかな証拠があるんだろうな」

「今回の事件の発端は、あなたが奈穂美さんの携帯を拾い、その中に……これを見つけたことでした」

右京がメモリーカードを取り出し、亘はスマホに一枚の画像を表示した。奈穂美が裏カジノと思しき場所で、札束を握ってはしゃいでいる写真だった。隣には田淵や暴力団員と思われる人物の姿も写っていた。

宇野の表情から余裕が消えた。

「それをどこから？」

「このデータは、あなたにとってなによりも重要なもの。預けるとすれば、彼女しかいないと思いました」

右京が言った彼女とは、花牟礼静香のことだった。亘は教会を見やった。

「今頃、奈穂美さんにも捜査の手が伸びてるはずです」

右京が宇野に向き合い、左手の人差し指を立てた。

「最初から犯人はあなただと見当はついていましたが、ひとつ、大きな謎がありました。

あなたはなぜ、奈穂美さんの弱みを握りながら、金銭の要求をせず、奈穂美さんとの結婚を望み、そのためにかつての親友を殺害しなければならなかったのか。あなたの真の狙いがわかりませんでした。しかし、その謎がようやく解けたんですよ。二十八年前、星宮家に養子に行くはずだったのは、あなたのほうだったんですね？」

「星宮家の家政婦が、君の母親の知り合いだった。彼女は病弱な君の母親の身を案じて、星宮夫妻が跡継ぎを探していることを教えた。母親からそのことを聞いた君は悩み、当時の親友ふたりに相談した」

亘のことばで、宇野の脳裏に二十八年前のできごとが蘇った。隅田川沿いの公園で、宇野は光一と静香に養子縁組の話があることを打ち明けた。すると、光一も静香も、行かないでほしいと言ってくれたのだった。

遠くを見つめる宇野に、亘の声が届いた。

「君は友情を取って、母親に養子の話を断ってもらった。一カ月ほどして、光一さんは親の仕事の都合で遠くに引っ越すことになり、君たちの元を去った。ところが二十八年後のいまになって、それが嘘だったことがわかった。驚いただろうな。光一さんが星宮家に養子に入り、〈星宮家具〉の社長になってたんだから」

右京が宇野の心中を読む。

「それを知ったとき、あなたはおそらくこう思ったはずです。あいつが俺の人生を奪った、と」

「やるもんだな、警察も」宇野が自嘲した。「あいつと奈穂美が結婚するという記事を見たんだ。『究極のセレブ婚』と書かれていて、俺とのあまりの違いに愕然（がくぜん）としたよ」

宇野がその記事を見たのは、三カ月前、客引きをしていて、同業者にさんざん痛めつけられたときだった。倒れ込んだゴミ捨て場にその記事の載った雑誌が落ちていたのだ。

「裏切ってたんだよ。あのときからあいつは、俺たちを裏切ってたんだ。嘘までついて、星宮家の養子の座に納まってやがったんだからな」

右京が宇野の行動を推理する。

「その後、あなたは光一さんに会いに行ったんですね？」

「ああ。土下座でもさせて、殴りつけてやるつもりだった」

ところが、〈星宮家具〉の本社ビル受付で待ち受けて声をかけた宇野を、光一は無視したまま去っていった。宇野の胸にそのときの屈辱感が生々しく押し寄せた。

「あののろまな光一が、俺の人生を乗っ取って、セレブなんて言われるまでになってた。笑いが止まらなかったよ。あっちがその気なら、こっちにも考えがある。俺はあいつを陥れるネタを探して、あいつの周辺を嗅ぎ回った」

「じゃあ、奈穂美さんに近づいたのも？」

亘が確認すると、宇野はあっさり認めた。

「ああ、そのためさ。予想外の収穫だった。あいつを陥れるどころか、人生を逆転できるって思ったんだ……」

宇野はあの夜、奈穂美の裏カジノの写真をだしに河川敷に光一を呼び出し、弁明の余地も与えず、腹にナイフを突き立てたのだ。光一に奪われた自分の人生を取り返すために。

「……あいつは俺から盗んだ人生を、もう十分生きたんだ」

「だから殺したっていうのか」

亘が責めると、宇野は開き直った。

「俺の人生がどんなもんだったか、あんたらにわかるはずがない。なにをしてもうまくいかない。どれだけ努力をしても報われない。どん底から這い上がろうとしても、頭を押さえつけられて身動きが取れない。ドブネズミみたいな人生だ。でも違ったんだ。俺の本当の人生は、もっとピカピカに輝いているはずのものだったんだ。それを取り戻そうとするのは当然だろ?」

右京が宇野を諭す。

「あなたは大きな思い違いをしています。あなたのこれまでの人生は、たとえそれがどんなに苦しく惨めなものであったとしても、あなた自身が選び取った、紛れもないあなたの人生ですよ。それを他人のものとすり替えるなど、できるわけないじゃありませんか。ましてや、そのために殺人を犯すなど、あまりにも愚かすぎます」

宇野が唇を噛みしめたとき、伊丹たち捜査一課の三人が現れた。

「もらっていきますよ」

伊丹のかけ声で、芹沢が宇野を連行する。

「さあ……ほれ、行くぞ」

「罪を償って、もう一度人生やり直せたらいいんですけどね」

「ええ……いまはそう願うしかありませんねえ」

亘のことばに右京がそう答えたとき、伊丹と芹沢の叫び声が屋上に響いた。

「おい、なにやってるんだ！」

「コラッ！　戻ってこい！」

特命係のふたりが振り返ると、宇野は刑事たちを振り切り、いつのまにか屋上のフェンスの外に立っていた。

宇野は寂しげに微笑みながら、刑事たちにむかって恭しく一礼した。

「皆さん、どうもお騒がせしました。最後ぐらい、自分でケリつけますよ。皆さんはどうぞ、この先も楽しい人生を！」

右京が止める間もなく、宇野は躊躇せずに飛び降りた。直後にはるか下のほうから鈍い衝撃音が響いた。

第八話 「匿名」

一

ある夜、品川区で女性が歩道橋から突き落とされるという事件が発生した。現場で鑑識捜査に当たっていた益子桑栄は、大量の血を流して路上に横たわる遺体を検分してから、捜査一課の出雲麗音に言った。

「転落して脳挫傷による外傷性ショック死だな」

麗音は益子の右手のピンセットに目を留めた。血のついた小さな破片のようなものがつままれていた。

「被害者の爪ですか？」

「ああ、つけ爪だな」

麗音が歩道橋を仰ぎ見た。そこには先輩の伊丹憲一と芹沢慶二の姿があった。

伊丹は通報者である主婦の飯島智子（いいじまともこ）に話を聞いていた。

「さっそくですが、事件の状況と逃亡した男の人相、着衣や特徴など、順にお教え願えますか？」

「あの辺で……男女ふたりがこう、揉（も）み合ってて……。それで男の人がバーンって突き落として……。であっちに、あっちに逃げていったんです！　あっちに……！」

トレーナーにジャージというジョギングの恰好をした智子は身振り手振りで訴えたが、話は要領を得なかった。芹沢が愛想よく申し出た。

「あの、ちょっと落ち着きましょうか。ねっ」

翌日の夜、家庭料理〈こてまり〉の女将、小手鞠こと小出茉梨はスマホを見つめて、「はあ」とため息をついた。

常連客の警視庁特命係の杉下右京が猪口を口に運ぶ手を止めた。

「どうかしましたか？　さっきからスマホを見てはため息ばかり」

右京の相棒の冠城亘がかまをかける。

「もしかして、待ち人からの連絡来たらず、ですか？」

「実はそうなんです」女将がスマホの画面を特命係のふたりに見せた。「これなんですけどね」

亘がスマホに顔を近づけた。

「これはずいぶんと可愛い待ち人ですね」

「セキセイインコですか。ＳＮＳですね」

右京が言うように、画面にはＳＮＳの投稿写真が表示されており、二羽のセキセイインコが写っていた。

「ええ」小手鞠が顔をほころばせる。「これがマリちゃんとコマちゃん。もう可愛くて可愛くて。飼育日誌が毎日の楽しみなんですけどね、もう一週間も更新されていないんです」

亘がスマホを受け取り、画面をスクロールした。何枚かあとにインコと一緒に写る女性の写真がアップされていた。

「たしかに可愛いですね」

「これは飼い主のカンナさん。アジアン雑貨を個人で輸入販売してるんですって。ちょっといいですか？」

女将がスマホを取り戻し、別の投稿を探しはじめた。

「カンナ……？」

投稿者の名前に引っかかっているようすの亘を、右京が気にした。

「どうかしましたか？」

「いえ、なんでも……」

女将が雑貨に取り囲まれているカンナの写真を探し出した。

「ほら、素敵だと思いません？」

「失礼」今度は右京がスマホを受け取った。右京は写真よりも、そこに書き込まれたコメントに着目した。「おや？　これは……」

インコや雑貨を褒めるコメントの中に、不穏当な書き込みが一件交じっていた。

――お前を絶対に許さない。

「二日前のコメントですねえ」

小手鞠が眉を顰めた。

「そうやって匿名で好き勝手書くのって、卑怯だと思いません？」

「たしかに、匿名での告発や寄付ならばまだしも……」

右京のことばに、亘が反応した。

「使い方次第ですね。とくめいは」

翌朝、亘はパソコンで歩道橋での殺人事件の記事を調べた。

「右京さん、インコ日誌のカンナさん、聞き覚えがあると思っていたんですが、一昨日起きた殺人事件の被害者、浅井環那さんと同じ名前でした。三十代前半と年齢も一致します」

右京がパソコンをのぞき込む。「人気ブロガー転落死」と書かれていた。

「殺人事件ですか」

「これがもし同一人物だとしたら、あの『お前を絶対に許さない』って書き込みは……」

右京は相棒の言わんとすることを理解していた。

「犯人の犯行予告かもしれませんね」

右京と亘が事件の捜査本部を訪れると、捜査員は出払っており、サイバーセキュリティ対策本部の青木年男だけが残って、ノートパソコンでゲームをしていた。

「みんな、必死に捜査してるのにゲームか？」

亘が非難すると、青木は反論した。

「人聞きの悪いことを言うな、冠城亘。これは脳を活性化させるためのウォーミングアップだ」

右京は同期のふたりにかまわず、捜査情報の書かれたホワイトボードの前に立ち、被害者浅井環那の顔写真とSNSにアップされたインコと一緒に写るカンナの顔を見比べた。

「当たりです。女性絡みの君の勘は本当に侮れませんねえ」

亘もホワイトボードの捜査情報を斜め読みし、整理した。

「ありがとうございます。浅井環那さん……死因は歩道橋から突き落とされ、転落したことによる脳挫傷。近所の主婦、飯島智子さんの目撃証言により、被害者の知人、溝口修也を重要参考人として捜索中」

「青木くん、この溝口修也というのはたしか……」

右京のことばを受け、青木がパソコンでその名を検索した。

「シュウ・ミゾグチって名前でマスコミにもてはやされてたカリスマイケメンシェフ。かなり調子に乗ってたけど、ＳＮＳの発言がボン！　『お前らが料理を選ぶんじゃない。俺の料理が客を選ぶ』」

亘もその騒動を知っていた。

「その失言で人気も名声も失った」

青木が検索を続けた。

「最近は金に困ってたみたいで、被害者の女性のマンションで騒ぎを起こしていた。ドアを叩きながら『開けろ』と大声で喚き散らした。ラッキーなことに、浅井環那は留守でしたけど。住人の通報で駆けつけた警察官に溝口は『貸した金、返してもらいに来ただけ』と答えたそうです」

「被害者は溝口に金を借りてたのか？」

亘が青木に訊いた。

「本人曰く、そうじゃなかったらしい」

環那は警察に、「お金なんて借りてません。あの人、付き合ってくれって、しつこくて困ってるんです」と訴えたという。

亘がうなずいた。

「動機は金銭か交際を巡ってのトラブル。で、溝口修也は逃走中」

「だいたい、あんな迅速で詳細な通報があって緊急配備したのに捕まらないなんて。これは確実に初動ミスだね」

右京が青木の発言を聞き咎めた。

「その、迅速で詳細な通報というのは？」

青木が捜査本部のパソコンを操作し、通報時の録音データを再生した。

――はい、一一〇番警視庁です。事件ですか？　事故ですか？

受け付けた警察官の質問に、通報者の飯島智子はよどみなく答えた。

――事件です！　三分くらい前に目の前で女の人が男に突き落とされて！　あの、ここは品川区網沢二の五です。顔ははっきり見ました。ちょっと前までテレビによく出てた、あのイケメンの有名人の……あの……とにかく早く来て！　わたし、近所に住んでる飯島智子っていいます。

それを聞いた右京が興味を示した。

「面白いですねえ。ずいぶんと慌てた口調なのに、まるで一一〇番通報のお手本のようですよ」

「そうだ。浅井環那さんがSNSをやってたのは知ってるか？　そのコメントに……」

青木が亘のことばを先読みした。

「『お前を絶対に許さない』。とっくに知ってる。あれは海外サーバー経由で書き込まれたもので、送信者の特定は不可能だった」

「さて、我々はどうします?」

亘に訊かれ、右京は迷いなく答えた。

「どうやったらこのような通報ができるのか、参考までに聞いてみたいものですね」

招き入れられた飯島家のリビングルームで、右京が智子に語っていた。

「事件を目撃した人の通報は、慌てているため要領を得ないものです。なので、通常は係の者が質問をします。事件か事故か。それはいつか。場所はどこか。それに……」

智子がふたりの来客にお茶を淹れながら、右京の話を引き継いだ。

「どんな状況か。犯人を見たかどうか。それに自分の名前」

「おっしゃるとおりです」

「どうしてそんなに詳しいんですか?」

亘が感心する。

「旦那は仕事が忙しくて構ってくれないし、子供もいないでしょ。暇だけはあるんだけど、習いごとは面倒くさいし……。だから、ずーっとあればっかり」智子がふたりに湯呑みを差し出しながら、目でテレビを示した。「前にワイドショーでやってたの、一一〇番通報の仕方って。他には警察密着スペシャルとか刑事ドラマね。だからもうすっかり詳しくなっちゃって。で、捜査一課の刑事さんに会ったらもう興奮しちゃって。いかにもって顔の。でも、こんなイケメンの刑事さんもいらっしゃるんですね」

「あっ、ありがとうございます」

亘はお世辞に応えたが、右京は脇道にはそれなかった。

「それにしても、あの辺りは夜は人通りも多くありません。ひとりでジョギングをするのは少々物騒では？」

「あんな若い美人ならともかく、こんなおばさん、誰も相手にしないですよ。そんなことより……ここだけの話だけど、あの殺された人、悪い人なんじゃない？」

智子が亘に顔を近づけた。

「悪い人？　浅井環那さんがですか？」

「そうよ。だって、人殺しするような悪い男に付きまとわれてたんでしょ？　あの人にもなんかあったんじゃないの？」

「特にいまのところ、怪しいところはないようですが」

「なにか、そう思われる理由でも？」

右京が訊き返した。

「勘よ、勘。人は見かけによらないって。特に美人は」

「彼女は犯人と揉み合ってたんですよね？　なにか聞こえませんでした？」

　亘が質問すると、智子は思案顔になった。

「それがね、よく聞こえなかったのよね……。そうだ。そういえば男のほうが、『先生』と言ってたような……」

「先生？」右京が復唱した。

「そう、先生。あっ、思い出した！　『まさか先生を』って……」

「『まさか先生を』ですか」亘も繰り返す。

「ねえ、これって役に立ちそう？」

「ええ」亘がにっこり笑った。「もしかしたら重要な手がかりになるかもしれませんね」

「本当？　じゃあ、これで犯人が逮捕されたら、わたし、あれ、もらえるかしら？　あの……警視総監賞」

「ああ……。もらえるかもしれませんね」

「嬉しい！　もし、この情報が役に立ったら絶対教えてね。旦那に自慢するから。約束！　ねっ」

　智子が左手の小指を亘に突き出した。

　右京と亘が捜査本部に戻ると、そこでは出雲麗音がセキセイインコの相手をしていた。

「コンニチハ」としゃべるインコに、麗音が「どうした?」と返す。インコは続いて「ダイスキ」と言った。

頰を緩める麗音に、亘が声をかけた。

「そんな顔するんだね」

麗音は慌てて居住まいを正した。

「……お疲れさまです」

「これは浅井環那さんのインコですね。たしか、マリとコマでしたか」

右京がインコの名前を口にすると、マリが片言で「チューシテ」としゃべった。

「お気持ちだけ、いただきますね」

「インコの世話、押しつけられた?」

微笑みかける亘に、麗音は真面目な顔で答える。

「これも仕事です。浅井さんはひとり暮らしでしたから、とりあえずこちらで保護することに……」

右京が疑問を呈する。

「被疑者の溝口修也はまだ見つからないようですねえ。以前ほどではないにしても、有名人のはずですが……」

「匿いそうな関係者や宿泊施設などをくまなく捜索中です」

「元カリスマイケメンシェフともなれば、女性関係とか多そうだもんねえ」

亘の憶測に、麗音がうなずいた。

「誰彼構わず口説くわ、評判の女ったらしだそうですから」

「おや……。この女性はどなたでしょう？」

右京はホワイトボードに貼られた写真に目を留めた。環那の腕を取るスーツ姿の若い女性が写っていた。マンションの廊下の防犯カメラの映像から出力したようだった。麗音がパソコンを操作し、十一月十一日の午後十一時過ぎの映像を再生した。

「先週の水曜日、溝口修也が浅井環那さんのマンションを訪ねる十分ほど前の映像です」

若い女性は強引に環那の腕を取り、連れ去った。

「ずいぶんと慌てているようですねえ」

右京のことばを受けて、亘が状況を推察した。

「溝口が来るのを知ってて、助け出した？」

「浅井さんの友人関係に該当者はいませんでした」

右京が映像をストップさせた。よく見ると、環那は小さな紙片を持っていた。

「あっ。これは……名刺でしょうか？　だとすると、初対面の可能性がありますねえ」

亘は若い女性のスーツの襟に着目した。

「右京さん、ここ見てください」

「弁護士バッジ……。弁護士の先生ですか」

「ちょっとすみません」

麗音が弁護士会に電話しながら、パソコンで検索をはじめた。

「ありがとうございました」麗音が電話を切る。「わかりました。〈第四東京弁護士会〉所属の矢坂美月弁護士です」

亘が飯島智子の証言を思い出した。

「『まさか先生を』じゃなくて『矢坂先生を』……」

右京は麗音がパソコンに表示した矢坂美月のプロフィールに目を通した。隙のないきりっとした表情の顔写真は、有能な印象を与えた。

「〈一倉法律事務所〉ですか。行きましょう」

「はい。ありがとう」

立ち去ろうとするふたりを麗音が呼び止めた。

「待ってください」

「ちょっと話を聞くだけ。そちらの邪魔はしないから」

「そうじゃなくて……」麗音は〈一倉法律事務所〉のホームページに記載された一文を見て、目を丸くしていた。「矢坂弁護士は十一月十一日に事故で亡くなっています」

二

特命係のふたりは〈一倉法律事務所〉を訪ね、所長の一倉から話を聞いた。

「矢坂先生は帰宅中、歩道橋の階段から足を踏み外したようです。警察によれば事件性はなく、事故ということでした。本当に残念です」

亘が本題をぶつける。

「最近、矢坂先生は浅井環那という女性から依頼を受けていませんでしたか？」

「浅井環那さん？　いえ、聞き覚えはないですね」

右京はざっくりと質問した。

「こちらではどのような案件を主に扱われているのでしょう？」

「うちは債務整理や民事再生など、金銭トラブルが多いですね」

「矢坂先生もそうだったのでしょうか？」

「ええ、以前はそうだったんですが、ここ一年くらいでしょうか、矢坂先生は積極的に女性被害者のＤＶやセクハラ、ストーカー被害などの案件を担当していました」

亘が興味を示す。

「一年前になにかきっかけでも？」

「実は遺産分割調停がうまくまとまらなかったことに腹を立てた依頼人が逆恨みしまし

て、矢坂先生を襲ったんです」

「襲った？　で、無事だったんですか？」

心配する亘に、一倉は苦笑した。

「それがナイフを持って襲ってきた相手を返り討ちにして、警察に突き出すという奮闘ぶりで」

「それはずいぶんと頼もしいですねえ」

右京が感心した。

「私も驚きました。自分が襲われたことで実感した恐怖や怒りを、他の女性たちに経験してほしくない。それが矢坂先生の弁護士としての新たな使命になったようです」

「それで担当案件が変化したんですね」

亘が確認すると、一倉は「ええ」とうなずいた。そのとき右京はデスクに飾られた美月の写真を眺めていた。きりっとした表情のプロフィール写真とは打って変わって、目尻に皺を寄せて笑う美月は明るく快活そうに見えた。

右京と亘は矢坂美月が転落した現場に行ってみた。歩道橋のたもとには花が手向けられていた。

亘が歩道橋をのぼる。

「人通りも少なく、防犯カメラも設置されてませんね。似てますね、環那さんの殺害現場と。偶然でしょうか？」

右京も亘と並んでのぼった。

「浅井環那さんのマンションを訪ねた夜、矢坂先生はこの階段から落ちて亡くなった。その一週間後、今度は環那さんが突き落とされ、殺害された。偶然とは言いづらいでしょうねえ」

「となると、こちらの事故も溝口の犯行だと考えたくなりますね。飯島智子さんが聞いた溝口の『矢坂先生を』ってことばは『矢坂先生を殺した』だったとか？」

「仮にそうだとして、矢坂先生と環那さんはあの日が初対面だった可能性があります。だとすると、どうやって環那さんの危険を知ることができたのか……」

「気になりますね」と返した亘の目が、歩道橋のたもとに花を手向けにやってきた女性と女の子の姿をとらえた。「右京さん」

ふたりは歩道橋をおりて、母親らしい女性に声をかけた。

「ちょっと、すみません」

その母親は水野彩香と名乗った。彩香は特命係のふたりに問われるままに打ち明け話をはじめた。

「夫の暴力やお金のこと……。あの頃は本当にいろんなことで悩んでたんです。いまだから言えますけど、あの子を連れていっそ……なんて思ったこともありました」

先に行く娘を見つめる彩香に、亘が確認した。

「そのとき、助けてくれたのが弁護士の矢坂美月さん」

「はい。美月先生はわたしのことを信じられないくらいわかってくれたんです。あの人に出会えたのは本当に奇跡でした」

「奇跡ですか」右京が繰り返す。

「はい……」

彩香は美月と初めて出会ったときのエピソードを明かした。

その日、思い悩んだ彩香は、公園で娘に邪険にあたっていた。「ママ遊ぼう」と言う娘の手を「うるさい」と払い、ため息をつく。そこへ突然、美月が現れ、自分の眉間を指して「縦の皺は幸せが逃げるっていうんですって」と彩香を諭したという。そして、「なんでも相談してくださいね。必ずお役に立ちますから」と名刺を差し出したのだった。

「……悩んでいそうなわたしを見て、ほっとけなくて思わず声をかけたって、美月先生、言ってました」

「たしかに、奇跡みたいな話ですね」

亘は素直に感心した。

「自分でもそう思います」彩香がうなずく。

しかし、右京は疑り深かった。

「失礼ですが……ひょっとして、矢坂先生はあなたの悩みに事前に気づいていた、という可能性はありませんか?」

「えっ? いえ、そんなこと、あり得ません。誰にも話したことはありませんでしたから」

「信頼できる身内とか警察に、DVについて相談したこととかは?」

亘が具体的な事例を持ち出したが、彩香は否定した。

「ありません。あっ、ただ……」

「ただ、なんでしょう?」右京が食いつく。

「SNSに書いたことならあります。でも匿名でやっている裏アカウントですから、わたしが書いたとは絶対にわかりません」

捜査本部に戻ったふたりは、水野彩香のふたつのSNSを見比べた。

「これが水野彩香さんの本アカウントのSNS。こっちが裏アカウントのSNS。たしかに、これを矢坂先生が読んでいれば、彩香さんがなにに悩んでるか、事前に知っていても不思議じゃないですね」

「ええ」右京が同意する。「ですが、こちらの裏アカウントは匿名ですし、具体的な個人名も書かれていない。これでは誰が書いたのかわかりません……と、普通ならば思ってしまいますねえ」

と、右京は同席していた青木に水を向けた。

「言っておきますけど、実名の本アカと匿名の裏アカを使い分けていたとしても、それが同一人物だって必ず特定できるわけじゃありませんから。僕の裏アカは絶対特定不可能ですし」

「わかった、わかったからやってみろって……」

亘が促すと、青木は渋々パソコンに向かった。彩香の裏アカウントのSNSへの投稿を見ながら、情報を拾い出していく。

「この裏アカもたしかに個人名や地名は書かれてないけど……。『仕事帰り急に雨が降ってきた』。はい、いただき！　この日、この時間に急に雨が降ったのは」青木がすばやく気象データを検索する。「だいたい、目黒区から品川区辺りね。お次は……。『最悪。事故があって電車が止まったせいで保育園に遅刻』。こういうの、書いちゃダメ。あら、あら、画像まで付けてくれちゃって……」

駅のホームの画像から彩香の生活圏を探っていく青木のお手並みを拝見しながら、亘が右京に訊いた。

「なんで匿名でわざわざこんなことを書くんでしょうね」

「日記と同じでしょうねえ。悲しいことや嫌なこと、ネガティブな感情を文字にすると、ストレスが解消するそうですから」

「おや、この看板はなにかな？　住んでるのはここら辺ってことか……」

青木は続いてレストランの看板の画像を見つけ、所在地を調べた。含み笑いを漏らす青木を見ながら、亘が言った。

「こいつが警察官でよかったと、改めて思いますね」

「同感です」

「嘘でしょ？　本アカと裏アカで似た写真使っちゃダメだよ。はい！　この裏アカウントは水野彩香のものだと特定！」

右京が矢坂美月の行動を読んだ。

「この裏アカウントが水野彩香さんのものだとさえわかれば、書き込みを読んだ矢坂先生が水野さんに声をかけることは可能。つまり奇跡ではなかった」

「ネットに詳しければ、こんなの朝飯前ですよ」

鼻高々の青木を、亘が持ち上げる。

「さすが、警視庁きってのサイバーポリス！　じゃあ、浅井環那さんや溝口修也が匿名でSNSやってたかどうかもわかるのかな？」

「当たり前でしょう」

右京がひとしきり拍手をしたあと、左手の人差し指を立てた。

「素晴らしい！　ではもうひとつだけ。弁護士の矢坂先生についての書き込みをしている人物を調べてもらえますか？」

「はあ？」青木がむくれた。


ふたりが捜査本部を出たところで、亘のスマホに着信があった。

「冠城です。えっ？　あっ、ああ……。その件ですが……少々お待ちください」

亘が右京にスマホを渡す。

「お電話代わりました。杉下です」

──あっ、杉下さん？　飯島智子ですけど。わたしの証言、役に立った？

「ええ。それはもう……」

──本当？　だったら、約束どおり連絡してよ。嘘つきは泥棒のはじまりでしょ。ねえ、「まさか先生を」って、あれ、なんだったの？　教えてよ！

おかげで翌日、右京と亘は飯島家を再訪することになった。家の前には本や家電製品などのゴミが大量に積まれていた。

チャイムを押すと、すぐさま智子が玄関から出てきた。

「お待ちしてました。どうぞどうぞ」

ふたりをリビングに通すなり、智子がせっついた。

「ねえ、『先生』ってなんだったの?」

亘が当たり障りのない程度に情報を伝える。

「ある弁護士のことでした。十日前に事故で亡くなってるんですが、現在、事件との関係を調べています」

「亡くなってるの! 事故って本当? もしかして、それもあの男の仕業(しわざ)だったりして」

「それも含めて、現在捜査中です」

「だって十日前でしょ? 偶然なわけないじゃない」

右京は家の中を見回し、昨日よりも室内がきれいに片づいていることに気づいた。そして、無造作に置かれた湿布薬に目を留めた。

「どこかお怪我(けが)でもされたんですか? これ」

「あっ、そうなの。ここ、片づけてたら腰やっちゃって……」

智子はそう言いながら、湿布薬を大事そうに戸棚にしまった。

右京はカーテンを開けて、家の外のゴミの山に目をやった。

「たしかに昨日からずいぶんと片づけられてますねえ。外のゴミもこちらのですか？」

「旦那にきれいにしろって叱られちゃって」

「ずいぶんと厳しいご主人ですねえ。十分きれいだったと思いますが」

「わたし、片づけてると頭が回るの。いいアイデアが浮かんだり、忘れてたことを思い出したり……。そうだ、大事なこと、思い出したの！」

智子が亘の目を見て声をあげた。

「大事なこと？」

「あの日の夜、ふたりが揉み合ってたでしょ。男がつかもうとするのを、女の人はバッグで防いでたんだけど、よく思い出してみたら、あれって逆だったんじゃないかなと思って」

「逆っていうと？」

「だからね、バッグでこう防いでたんじゃなくて……」

智子がバッグ代わりに座布団を両手で頭の上に掲げた。右京が智子の言わんとすることを悟った。

「浅井環那さんがバッグを使って攻撃していたと……」

「そうなの！　で、その攻撃を男の人は止めようとしてたんじゃないかって……」

「どういうことでしょう？」

眉間に皺を寄せて訊く亘を、智子が注意した。

「ダメ！　そんな難しい顔したら、幸せが逃げちゃう」

「えっ、幸せ？」

「ここ！」智子が自分の目尻を指差した。「この横の皺が幸せを呼ぶの。そんなんじゃ、犯人に逃げられちゃうわよ。ねえねえ、そんなことより、さっきの情報、またなにか役に立ちそう？」

「ああ……たぶん」

亘は曖昧にぼかしたが、智子は「よかったあ」と満足そうだった。


ふたりが特命係の小部屋に戻ると、組織犯罪対策五課長の角田六郎が所在なげにスマホになにかを打ち込んでいた。

右京が角田のお株を奪う。

「おや課長。お暇ですか？」

角田は憮然とした顔で、「お前らと一緒にすんな！」と返した。

「もしかして、匿名でわざわざ奥さんの悪口、書き込んでるとか？」

亘がからかう。

「バカ言え！　書くんなら実名で堂々と書くよ。いや、悪口なんかないけどね」角田はデスクの上のプリントアウトの山を示すと、「青木がこれ、持ってきたぞ」と言い残し、部屋を出ていった。

　プリントアウトの一番上には、青木の手書きメモがついていた。

――浅井環那の裏アカウントは存在せず。だが溝口の裏アカは発見。矢坂美月に関するコメントをしたアカウントは特定済み。不要だと思いますけど、確認したいならどうぞ。

　ふたりはプリントアウトを分担して点検した。亘は溝口の裏アカウントの投稿に目を通した。

「溝口修也の裏アカウント、女性への誹謗中傷と罵詈雑言だらけで見るに堪えません」

右京は美月に関してコメントした人物の投稿を調べた。

「冠城くん、これを見てください。林早紀さん。矢坂先生の依頼者のようですよ」

亘が林早紀による書き込みを読んだ。

――カリスマイケメンシェフ？　ふざけるな　ただの外道だろ。わたしの人生返せ　即死希望。

「なかなか物騒な書き込みですけど、イケメンシェフってだけじゃ、溝口修也とは限りません」

「ですが……ここ」

右京が別の投稿を指差した。

——カンナさん殺された⁉　犯人はアイツ？　もしかしたら美月先生も……。

「なるほど」亘が同意した。

林早紀は地味な感じの女性で、右京たちの求めに応じて、裏アカウントでの投稿について語った。

「一度だけ、溝口と関係を持ちました。そのとき、盗撮されてたんです。言うとおりにしないとネットでばらまくぞって……」

「それでお金を？」

右京の問いかけに、早紀は「はい」とうなずいた。続いて亘が訊いた。

「矢坂先生にはその恐喝の件、相談されてたんですよね？」

「はい。絶対に許さない、そう言ってくれました。でもそのあと、美月先生、事故で亡くなってしまって。そしたら次は環那さんも。そう聞いて、ふたりとも溝口が殺したんじゃないかって……。だからわたし、悪気があって書き込んだんじゃないんです！」

早紀は非難を恐れて言い募ったが、右京は別のことが気になっていた。

「失礼ですが、浅井環那さんとはどのようなご関係でしょう？」

「ＳＮＳで知り合いました。わたし、溝口とは環那さんの紹介で会ったんです。溝口はわたしみたいな女性が何人もいるって言ってました。もしかしたら環那さんも脅されてたのかもしれません」

三

「溝口修也が裏アカウントにこんな書き込みをしてました」

早紀に会った後、特命係の小部屋に戻り、愛用のティーカップで紅茶を飲んでいた右京に、亘が溝口の投稿を見せた。

――今日こそあのインコ女と話をつけてやる。

「日付は溝口が環那さんのマンションに行った日です」

右京が美月の行動を推測した。

「矢坂先生は浅井環那さんも恐喝されていると思い、あの日、環那さんを助けようとした」

そこへ青木がノートパソコンを片手ににやにやしながら入ってきた。

「なんだよ？」

「そんな態度でいいのかな？　決定的証拠を見つけた警視庁きってのサイバーポリスマンに対して」

青木がパソコンで動画を再生した。真夜中、レストランの窓ガラスにスプレーで落書きをする男の姿が映っていた。亘が動画に目を近づけた。

「溝口修也か……」

「この店のオーナーが、ＳＮＳで散々溝口をバカにしていたんだ。その腹いせに」

「この映像はどこから？」右京が質問した。

「僕が解析していた浅井環那のスマホに。この映像が世に出たら、溝口は終了です。そうはさせるかと溝口は浅井環那を殺害した。つまり、口封じだったわけです」

青木は自信満々だったが、右京は異を唱えた。

「そうでしょうか？　逆にこの映像が脅しの材料だとしたらどうでしょう」

亘は上司のことばの意味がわからなかった。

「どういうことです？」

「ずっと気になっていたんです。『あなたが矢坂先生を』と環那さんが言ったのならわかります。ですが、目撃した飯島智子さんによれば、『矢坂先生を』と言ったのは男のほうだった。それともうひとつ。環那さんが溝口を一方的にバッグで攻撃するような優位な立場だったとしたら、理由はその映像だったのでは？」

亘がようやく右京の言わんとすることを理解した。

「つまり、脅していたのは溝口ではなく、環那さんのほうだった。でも、なんのために？　盗撮映像をネタにした女性への恐喝ですか？」

「ええ。そもそも、恐喝されていた林早紀さんに溝口を紹介したのは環那さんです。他の女性たちもそうだったとしたら？」

右京の示唆で、亘も事件の構図を悟った。

「環那さんが溝口を使って盗撮させたうえ、恐喝をしていた。ふたりは共犯……」

その頃、捜査一課の三人は溝口修也の潜伏先を絞り込み、ビジネスホテル回りをしていた。

「こんにちは。警察です。この男なんですがね、ここに宿泊してたりしませんかね？」

芹沢がフロント係に訊いているときに、ニット帽を深くかぶった溝口がまさにロビーにおりてきた。伊丹と麗音の連係プレーで、溝口は難なく取り押さえられた。

溝口の取り調べは捜査本部の置かれた所轄署でおこなわれた。

「だから、殺してなんかないって！　環那にも会ってないんだって！」

犯行を否定する溝口に、伊丹が強面（こわもて）で迫る。

「信じられるわけねえだろうが。じゃあ、なんで逃げた？　なんでコソコソ隠れてた？」

「メール！　殺される前に環那がいきなり変なメールを送ってきたんだよ！　『脅迫がバレた』って。だから、とりあえず逃げなきゃって思って、隠れてたんだよ」

「その脅迫ってのはなんだ?」

芹沢が詰問した。

「そりゃ、あれだよ……。恥ずかしい映像をバラされたくなかったら……ってヤツ」

麗音もまだ事情が把握できていなかった。

「浅井環那さんがなんでそんなメールをあなたに?」

「なんでって、そりゃ、あいつが脅迫を仕掛けてたからだよ」

「お前、適当こいてんじゃねえぞ!」

芹沢が声を荒らげたとき、右京と亘が取調室に入ってきた。亘は現金の詰まったカバンをテーブルの上に置いた。

「それが、適当じゃありませんでした。脅迫で得たと思われる現金、およそ五百万円が見つかりました」

「いったいどこに?」伊丹が目を丸くする。

右京が説明した。

「灯台もと暗し。インコの鳥かごの底が二重になっていました」

「あいつ……金はないなんて嘘ばっか言いやがって……」

唇を噛む溝口に、右京が問い質す。

「インコのSNSで知り合った女性たちをあなたに紹介し、盗撮動画で恐喝するよう指示したのは、環那さんなんですね？」

「言っとくけど全部、あいつの計画だから！　インコとおしゃれなインテリアのSNSに寄ってきた女を俺に口説かせて、弱み握って金を出させる。でも、金だってほとんど全部、あいつが持っていったんだ。なあ、これ、言ってみたら、俺も被害者だろ？」

身勝手な言い訳を並べたてる溝口を、右京が怒鳴りつけた。

「ふざけたことを言ってはいけませんよ！　たとえ殺人は犯していなくても、あなたのしたことが下劣で、浅ましい犯罪であることに変わりはありませんよ！　恥を知りなさい」右京が右手の人差し指を立てた。「最後にもうひとつだけ。矢坂美月さんという弁護士に会ったことはありますか？」

「誰ですか、その人？」

溝口が虚脱した顔で訊き返した。


翌日の夜、右京と亘は飯島家を訪れた。訝しげな智子に亘が来意を説明した。

「今日はご報告に来ました」

「えっ？」

「やっと被疑者が捕まりました。否認はしていますが、時間の問題です。ご協力ありがとうございました。警視総監賞、楽しみにしててください」

「そう、よかった」と言うわりに、智子はさほど嬉しそうではなかった。「で、あの亡くなった弁護士さんは、事件とどう関わりがあったかわかったの？」

「それが、やはり今回の事件とは関係なく、不幸な事故だったようです」

「えっ……そんなことってある？　全然手がかりはなかったの？」

右京が神妙な顔で答えた。

「残念ながら、決定的な証拠はなにも」

「ただ……」

亘が思わせぶりに切り出すと、智子が食いついた。

「えっ、なに？」

「実は浅井環那さんの匿名ＳＮＳが見つかったんです。『villainess1122』っていうユーザーネーム」

「ヴィラ……？」

右京が嚙み砕いて説明した。

「ヴィラネスは悪女。１１２２は、浅井環那さんの誕生日でしたね」

「ええ」亘がうなずいた。「ロックがかかってて、パスワードを解析中です」

「あの、わたし、テレビばっかりでパソコンとか全然なんですけど、そのパスワードがわかれば、なにかわかるかもしれないってことですか？」

「そうなんですが、被疑者が自供すれば済む話ですからね。もう必要ないかもしれません」

「では、我々はこれで失礼します」

特命係のふたりを見送った智子は、すぐにパソコンの前に座り、浅井環那の裏アカウントのSNSを開こうとした。パスワードがわからなかったので、環那の誕生日や電話番号、出身地などを試してみたが、ロックは解除できなかった。智子は環那の愛鳥の名前、マリとコマが関係しているに違いないと当たりをつけ、それをローマ字にして、アナグラムを片っ端から試してみた。すると何回目かのチャレンジでロックが解除された。

智子は真剣な表情で、環那の投稿を読んだ。

――また一人落とすことに成功。わたし才能あるかも。

――なんで弁護士が急に？　ホントウザい。

――突き飛ばしたらネイル割れた。マジで最悪。

四

翌朝、智子は矢坂美月が転落死した歩道橋を訪れ、階段を駆け上がった。歩道橋の両側には土が溜まっており、そこからたくましく雑草が生えていた。智子が雑草を掻き分けて目的の物を捜していると、背後から声をかけられた。

「もうそこにはありませんよ」

振り返ると、そこには右京がいた。隣にいた亘が一枚の写真を掲げた。

「これは殺害現場で採取された浅井環那さんのつけ爪です。環那さんの自爪は、一枚だけ短く折れてました。それを隠すために、つけ爪をつけてたんです。行きつけのネイルサロンによれば、環那さんがつけ爪をしたのは、矢坂美月さんが亡くなった次の日」

「もしやと思い、この場所を調べ直してみたところ……」右京が別の写真を取り出した。そちらには欠けた爪が写っていた。「これが見つかったんですが……。飯島さん、あなたはどうしてこちらに？」

「ご覧になったんですよね？ villainess1122」

亘のことばで、智子は自分が罠(わな)にかかったことを知った。

「じゃあ、あの匿名SNSは……」

「すみません。我々が作った偽物です。担当者に言わせると、あのパスワードを解除できるのは、パソコンにかなり詳しい人だそうです」

「テレビばっかりでパソコンは全然、なんておっしゃっていましたが、人は見かけによりませんね」

右京に指摘され、智子は力なく笑った。

「時間だけはあったので、すっかり詳しくなっちゃいました」

亘が智子のプライベートに踏み込んだ。

「ご主人と別居されてるそうですね。それで家の中を整理していた」

「笑うしか能がないってずっと旦那に言われてて。自分でもなんの役にも立たない、ダメな女なんだと思ってました。そんなときにSNSの書き込みを読むようになって……。最初はいろんな人の愚痴を読んで、わたしだけじゃないんだって満足してたんですけど、ひどい書き込みを見ているうちに、なにもできない自分に腹が立ってきたんです」

右京が智子の行動を読んだ。

「そんなとき、矢坂先生の書き込みに出合ったんですね」

「当時、矢坂先生は匿名のSNSに仕事で悩んでることや何者かに嫌がらせされてることを書き込んでいました」

亘が言うように、その頃の美月の裏アカウントの投稿は、「最近上手く笑えない」「鏡に映る自分の顔を見る度に嫌になる」「わたしは本当に役立たずだ」など、ネガティブなものばかりだった。

右京が推理力を発揮した。

「矢坂先生の苦しみを見過ごせなかったのでしょうねえ。矢坂先生を逆恨みして嫌がらせをしている男のSNSを探し当てたあなたは、その男の犯行予告を目にしたんですね。

そしてあなたは決心した。矢坂先生を助けようと」

「すごく迷ったんです。わたしなんかにできるのかって。でも、いま、この人を助けられるのは世界でわたしだけ……。そう思ったんです」


一年前、智子が〈一倉法律事務所〉を訪問したとき、ナイフを持った男が、美月に襲いかかろうとしていた。智子は夢中でそばにあったブロンズの像を手に取り、男の頭に振り下ろした。男は床に倒れたが、智子も勢い余って転倒した。その際に腰を痛めたのだった。智子は腰をかばいながら、突然の事態に驚くばかりの美月に告げた。

「警察に連絡して。わたしのことは言わないで。いろいろ訊かれると困るから」

腰が痛くて動けない智子は、警察の事情聴取が終わるまで、〈一倉法律事務所〉の一室に隠れていた。そして、警察が帰ったあと、どうして美月のことを知ったのか打ち明けた。

「助けるつもりがこんなんじゃ……。本当に役に立たないダメな女」

自嘲する智子に、美月は言った。

「わたしのこと、助けてくれたじゃないですか。わたしこそ、依頼人に恨まれて襲われるダメな弁護士です」

智子は、美月が眉間に皺を寄せているのが気になった。

「その縦の皺はね、幸せが逃げちゃうの。幸せを呼ぶのはね、笑ってできるこの横の皺。あなたは『上手く笑えない』って書いてたけど、頑張って笑おう。ねっ、そんな顔しないで」

目尻の皺を指差す智子を見て、美月ははにかむように笑った。そんな美月に智子は提案した。

「ねえ！　わたしたちふたりだったら、もっとたくさんの人を助けられるんじゃないかしら」

「はい！　わたし、やります。手伝わせてください！」

そのときから、ふたりの世直し活動がはじまったのだった。

右京が智子の回想を破った。

「あなたが大事そうにしまった湿布薬、処方された日付は一年前。矢坂先生が襲われた次の日でした」

「なんか捨てられなくて……」

「それから、あなたはネットで悩み苦しむ人々の書き込みを見つけては情報を特定し、それを矢坂先生に託しましたした」

「わたしひとりではなにもできなかったけど、美月ちゃんのおかげで、何人も人を助けることができました。それなのに、わたしのせいで美月ちゃんが……」

「あの夜、あなたは溝口の裏アカウントを見て、溝口が浅井環那さんを襲うつもりだと思ったんですね？」

亘のことばに、智子は「はい……」とうなだれた。

「いつもみたいにうまくいくと思ってたのに……。事故だなんて、とても信じられませんでした。溝口修也の仕返しかと思ったんですが、あの日から浅井環那のＳＮＳが更新されてないのに気づいたんです。そこに書き込んでいる人たちのＳＮＳを片っ端から調べました。そしたら……」

「林早紀さんと同じように、溝口修也に恐喝されてる女性たちを見つけたんですね」

亘の推理を、右京が引き継いだ。

「そこから、浅井環那の関与に思い至り、矢坂先生を突き落としたのも彼女だと確信したわけですね？　そして、彼女のＳＮＳに『お前を絶対に許さない』と書き込んだ……」

「はい。あの夜、わたしが直接、あの女を呼び出しました」

智子はあの夜、歩道橋の上で環那を追及した。

「あなたと溝口修也はグル。でも矢坂先生を殺したのはあいつじゃない。あなたでしょ？」

「なに言ってるか、わからないんですけど」

環那は否定したが、智子は確信していた。

「ここに来たのだって、わたしがどこまで知ってるか、気になったからでしょ？　それとも同じように殺そうと思ってた？　矢坂先生みたいに！」

「なんなの？　もうわたしに構わないで！」

「自首しなさい！　美月ちゃんを殺したって！」

智子は環那の両肩に手を置いて迫った。

「あんたら、迷惑なのよ！」

環那はヒステリックに叫びながら、智子を歩道橋から突き落とそうとした。智子は必死に抵抗した。そして気がつくと、反対に智子が環那を突き落としていたのだった。

「そして、あなたは溝口修也を犯人として警察に追わせるため、嘘の通報をした」

亘の指摘を受けて、右京が言った。

「通報せずに立ち去れば、あなたが疑われることはなかったでしょう。それなのにそうしたのは、矢坂美月さんの死を事故で終わらせたくなかったからですね？」

「あの爪で、それが証明できますか？」

一縷（いちる）の望みを託す智子に、右京が再び欠けた爪の写真を掲げた。

「これが浅井環那のものであることは、ＤＮＡ鑑定で証明されました。そして、この爪には、矢坂先生の顔にあった傷の皮膚片が付着していました。つまり、矢坂美月さんを殺害したのは、浅井環那であるという有力な証拠になります」

「よかった……よかった……」智子が泣き崩れる。そして、「杉下さん、冠城さん。ありがとうございました」と言いながら、ふらふらと歩道橋の手すりに近づいていった。

亘が智子の肩に手を置いた。

「いけません」

「あなたは死んで罪を償うおつもりだったんですね？」

右京に指摘され、智子は認めた。

「それしかもう、わたしにはできないんです……」

「『縦の皺は幸せが逃げる。幸せを呼ぶのは横の皺』……僕があなたと矢坂先生の関係に気づいたのは、このことばからでした。矢坂先生は助けた女性たち全員に、このことばを伝えていたそうです。『わたしも変われました。あなたも変わりましょう』。笑顔でそう言っていたそうです。あなたがすべきことは、死ぬことではありません。罪を償い、またいつか笑えるようになることです」

「ありがとうございます……」

智子は歩道橋の柵を両手で握り、その場にくずおれた。

その夜、右京と亘は家庭料理〈こてまり〉で事件を振り返っていた。

「飯島さんと矢坂さんは苦しんでいる人を助けるためにＳＮＳを利用し、浅井環那は自分の欲望を満たすためにＳＮＳを悪用していた。それが交わったばっかりに……」

「君が前に言ったじゃありませんか。なんでも使い方次第。結局はそれに尽きます。ＳＮＳもとくめいいも」

女将の小手鞠がカウンター越しにふたりと向き合った。

「あらやだ。なに、しんみりしちゃってるんですか。お酒っていうのは、笑って楽しく呑むものですからね。あっ、じゃあ、とっておきのいいもの、見せてあげますね。はい」

女将がスマホを差し出した。

「新しい飼い主のもと、幸せそうでしょ？」

スマホにはすっかりくつろいだようすのマリとコマの動画が表示されていた。

「元気そうでなによりですね」

「ですね」

右京と亘の目尻に、横皺が深く刻まれた。

第九話

「超・新生」

一

中岡丑夫（なかおかうしお）は絵を描くときに、ＢＧＭ代わりにラジオ放送を流すのが習慣になっていた。その夜も、キャンバスに向かって絵筆を走らせながら、ラジオを聞くともなしに聞いていた。男性アナウンサーがニュースを読み上げた。

――本日午後五時半頃、朝浜町（あさはまちょう）の踏切で起きた人身事故についてお伝えします。通過する列車に飛び込んだのは、埜原義恭（のはらよしやす）さん、五十五歳。警視庁の調べによると、埜原さんは銀座で画廊を経営しており、事故発生時はジャケット姿で歩いて踏切に入っていったという目撃情報があるとのことです。

知人の飛び込み自殺という思いがけない報道を耳にして、中岡の絵筆はぴたっと止まった。

翌日の昼休み、特命係の小部屋では、部屋の主である杉下右京がサイバーセキュリティ対策本部の青木年男とチェスで対戦していた。

「詐欺（さぎ）ですか……」

青木のもたらした情報を復唱しながら、右京が駒を盤面に置く。

青木が駒を手に取った。

「贋作絵画を売り歩いてたらしいです」

ふたりの対戦を見守っていた、右京の相棒の冠城亘が口を挟んだ。

「昨日、自首してきた男がどうして昨夜、電車に飛び込んで自殺すんだ？　二課は逮捕もせず、詐欺の被疑者、解放したってこと？」

青木が言い返す。

「いくら自首してきたって、被害者がいなけりゃ逮捕できないだろ」

「被害者、いなかったの？」

「自首すりゃ無条件で捕まえるほど、警察は甘くないんだ。覚えとけ」

青木はそう言って、亘を睨みつけた。

右京は捜査二課へ出向き、青木の話を確かめるために塚本から話を聞いた。

「皆さん、詐欺被害は否定しています。まあ、いっぱしの目利きを自任しているようですから、まんまと偽物をつかまされたなんて認めるのは、己の沽券に関わると……。まあ、そういったところじゃないでしょうか」

そう答える塚本に、右京が念を押す。

「いずれにせよ、どなたからも被害届は出ずですか」

「取り急ぎ当たってみた範囲では。しかし、被害者がいなければ詐欺は成立しません。うちじゃどうしようもないんで、お引き取り願ったんですが、まさか死ぬなんてねえ」

塚本が言うには、埜原から絵を買った者は、「贋作だなんて百も承知だよ」「偽物だと知ってて買ったの」「僕は詐欺になんか遭っちゃいないからね」と詐欺被害を否定したという。

「あまり寝覚めがよくありませんね」

右京が塚本に言った。

右京が特命係の小部屋に戻ると、椅子に腰かけて待ち構えていた亘が声をかけた。

「おかえりなさい。どうでした？」

「二課の対応に、特に問題はありませんでした。君のほうは？」

「自殺を疑うような点は見当たらず、遺書のようなものも発見されてないようですけどね」

「自殺で間違いないものの、その動機については不明ということですか」

亘のことばを聞いて、右京がそうまとめたところへ、捜査一課の出雲麗音が顔をのぞかせた。

「お邪魔します。お菓子です。どうぞ」麗音は饅頭（まんじゅう）の包みをデスクに置き、「小耳に挟んだんですけど、昨日、踏切で自殺した画商って」と探りを入れた。

「うちに自首してきたらしいけど」

亘の答えに、麗音がにっこり笑った。

「やっぱりもうご存じでしたか。さすが。贋作絵画で詐欺働いてたって……」

「ところが被害者が出ず、逮捕できず」

「みたいですね」

「どうして自ら命を絶つようなまねをしたのでしょうねえ？」

右京が自問すると、麗音が目を輝かせた。

「やっぱり気になります？」

「君も気になっているようですね」

亘が立ち上がった。

「ずばり、良心の呵責(かしゃく)に耐えかねて……」

「はい？」

「自殺の動機です」

「自首したぐらいですから、当然、自らの犯した罪と真摯(しんし)に向き合っていたと考えられますからね」

「だとしたら、逮捕していれば死なせずに済んだ？」

麗音が亘に水を向けた。

「おそらく」

「杉下さんも冠城さんの見解に異存なしですか？」

「さあ、どうでしょう？」

とぼける右京を、麗音がもうひと押しする。

「異存あり？」

「あるんなら聞かせてください、右京さんの見解」

亘も麗音に同調したところで、右京が見解を示した。

「自首すれば無条件で捕まえるほど、警察は甘くない。いみじくも青木くんが言っていましたが、そんな観点から意地の悪い見方をすると、別の自殺動機が浮上します」

麗音が持参した饅頭をひとつ手に取った。

「どんな？」

「緊急避難」

「緊急避難ですか……」

ぴんと来ていないようすの亘と麗音に、右京が説明した。

「ええ。緊急避難を試みたが、失敗して行き場を失い、自ら死を選んだ」

麗音は捜査一課のフロアに帰り、先輩の伊丹憲一に、右京の見解を伝えた。

「要するに埜原って画商は、なにかから逃げてたってことか」

「それが逃げ切れなくなって、警察を頼ってきたけど門前払いで、とうとう追い詰められて……」

「たしかに刑務所は、シャバにいるとやばい連中の避難場所にもなるからな。まったくあり得ない話じゃないが、警部殿らしい天邪鬼な見解だな」

伊丹がにやりと笑う隣で、芹沢慶二が麗音に訊いた。

「我々が君をスパイとして差し向けたの、感づかれなかった？」

「大丈夫だと思いますけど」

「おお、意外と男騙すの得意なんだな。そうだ。今度なんかの折に君をハニートラップに使おう。ねえ、先輩」

「俺を巻き込むなよ」

伊丹は苦笑したが、芹沢は続けた。

「君のような美しい女性に騙されるなら、相手も本望だと思うよ。ああ、なんなら僕も騙されてみたいなあ」

麗音は芹沢を無視して、伊丹をせっついた。

「特命係の動向探ってどうするんですか？　うちも動くんですか？」

「動きたい？」

「そりゃあ動きたいですよ、もう。部屋でくすぶってるの、苦手ですもん」

「そんなに尻が軽くちゃ、立派な刑事になれないぞ！」

伊丹は麗音の肩を叩いて自分のデスクに戻っていった。芹沢もそれに倣い、「なれないぞ！」と麗音の肩を叩き、伊丹を追った。「って先輩、そんな気安く女の子の肩叩いちゃ、ダメっすよ。いまどきセクハラっすよ」

麗音はふたりの先輩の後ろ姿に、軽蔑の視線を向けた。


右京と亘は古い平屋建ての一軒家を訪問した。中岡丑夫はアトリエに使っている自室で、美術雑誌に掲載された絵画を模写していた。

「あなたがこうして模写したものを、死んだ埜原さんは買い上げてたわけですね。しかし、うまいもんですねえ」

亘が褒めると、中岡は絵筆を動かしながら応じた。

「本物だと騙して売ってたなんて、ちっとも知りませんでしたよ。……って先日いらした刑事さんにも言いましたけど、それじゃご不満でしたか？」

「いえ、別に」

右京は部屋に置かれたさまざまな絵を眺めていた。

「贋作がご専門ですか?」

「えっ?」中岡が苦笑する。「直球だなあ」

「失礼な質問、平にご容赦を」

亘が上司に代わって謝った。

「オリジナルは売れないけど、模写絵は売れるから仕方ないでしょ。別に贋作専門って看板掲げちゃいませんよ」

右京は部屋の中央に置いてあった、他とは画風の異なる抽象画を手に取った。

「これがあなたのオリジナルですね。なるほど……」

右京の物言いに、中岡がいきり立った。

「おい! なるほど、とはなんだ! なるほどこれじゃ売れないね、ってことか!」

「いえいえ。決してそういう意味では……」

「お前に絵がわかるのかよ!」

中岡に凄い剣幕で迫られ、さすがの右京もたじたじとなった。

右京と亘は中岡から購入した絵を持って、開店前の家庭料理〈こてまり〉を訪れた。女将の小手鞠こと小出茉梨は、抽象画を見て首をひねった。

「う~ん。なんていう作家さんなんですか?」

「中岡丑夫画伯です」亘が答えた。

「はあ。号、おいくらですか？」

小手鞠の質問に、右京が苦言を呈した。

「感心しませんねえ。日本人はとかく絵画を値段で判断しようとする。本来、絵は値段など二の次。自分が見て気に入るかどうかが肝心です」

「へえ、杉下さん、こういう絵がお好きなんだ」

「はい？」

「気に入ったから、買い求められたんでしょ？」

「あっ、いえいえ。これについては少々事情が異なりまして……」

事情を聞いた小手鞠が声をあげて笑った。

「じゃあ、要するに買わされちゃったってことですか？」

「一触即発」亘が説明する。「買って帰らなきゃ、ただじゃ済まない状況でしたからね」

右京は不満そうだった。

「僕はいささかも侮辱した覚えはないのですがねえ」

「ああ、おかしい」

笑い過ぎて滲(にじ)んだ涙を拭う女将に、右京が「差し上げます」と申し出た。

「えっ？」

「そういう事情で、とても手元に置いておく気にはなれません。開店前にお邪魔しました」

右京がさっさと立ち去ると、亘は「持ち続けてたら、なんかの拍子に値段が上がるかもですねえ」と言い残し、上司のあとを追っていく。

「あっ、ちょっと……」

およそ店の雰囲気に似つかわしくない抽象画を押しつけられ、女将は途方に暮れた。

特命係の小部屋に戻った亘が、右京に言った。

「本人、腕がなまらないようにって言ってましたが、額面どおりには……」

「考えてみてください。あえて贋作を買い上げてくれる画商など、決して多くはありません。いわば貴重な存在です。その存在が突如なくなってしまったんですよ。悠長に技術の鍛錬に励んでいる場合ではありませんよ」

右京に指摘され、亘は中岡のようすを思い出した。

「たしかに。オリジナルはてんで売れなくて贋作で生計立てていたのに、その贋作の卸先を失ったら、経済的に困窮するのは目に見えてる。ところが、そんな悲壮感、微塵(みじん)もありませんでしたね」

「おそらくいま描いている贋作も、立派な商品として売れるからではありませんかねえ」

「つまり、新たな卸先がある？」

その頃、救急病院の処置室で応急処置を受けた〈扶桑武蔵桜〉の組員、虎太郎のもとを、若頭の鬼丸が訪れた。

「兄貴！」

鬼丸を見て、虎太郎は飛び起きようとしたが、激痛が走って動けなかった。虎太郎は数時間前、若者たちから集団で襲われ、殴る蹴るの暴行を受けた。危うく半殺しの目に遭うところを通りがかった警察官によって救出されたのだった。

「ご迷惑かけまして」

鬼丸が付き添っていたふたりの捜査員に頭を下げた。

「被害届出すか？　受理してやるぞ」

捜査員のひとりが鬼丸をからかうと、もうひとりもせせら笑いながら、立ち上がった。

「まあ、長居しねえで、とっとと引き揚げろよ」

ふたりの捜査員が立ち去ったところで、鬼丸が虎太郎に向き合った。

「ざまあねえな」

「すいません」

「奴らか？」

「……はい」

虎太郎は警察にはしらを切ったが、自分を襲った若者たちの正体を知っていた。

二

翌日、右京と亘はキャンバスバッグを肩から掛けた中岡丑夫を尾行した。中岡は完成した絵を携えて、銀座のとある画廊の中へ入っていった。

いつもシャツの第一ボタンを外して着ている亘は、ネクタイをしめて伊達眼鏡（だてめがね）をかけるだけで印象が大きく変わった。画廊で絵を眺めている亘のもとへ、画商の四条真奈美（しじょうまなみ）が笑顔で近づいてきた。

「お気に召しました？　色使いが斬新でしょ？　いま売り出し中の若手です」

そこへ右京が現れた。

「ああ、坊ちゃま。ここでしたか。目を離すと、すぐこれですから。坊ちゃまのご所望になるようなものは、ここにはありませんよ。さあ、参りましょう」

右京に腕を取られた亘に、真奈美が声をかけた。

「どういった作品をお探しです？」

「僕はね、富岡鉄斎（とみおかてっさい）が好きなんだけどね」

右京が画廊に飾られた絵を見回す。

「ご覧のとおり、文人画はお門違いですよ」

真奈美が苦笑した。

「いや、鉄斎ですか……」

「そもそも鉄斎は贋作だらけでございましょ？」

右京の質問に、真奈美が答えた。

「鉄斎と聞いたら、眉に唾付けろと言われるぐらい」

「本物ならば、金に糸目はつけないがね」

金持ちのボンボンを演じる亘を、右京が執事を装ってたしなめる。

「坊ちゃま……」

「あと、芥千壽もいいかなあ。じい、気が済んだ。行くぞ」

立ち去ろうとするふたりを、真奈美が呼び止めた。

「これは、なにかのお導きだと思います」

真奈美はふたりを事務所に招き入れ、神妙な顔で中岡から買い上げたばかりの絵を見せた。

亘が絵を取り、伊達眼鏡をかけた目を近づけた。

「本物？」

「もちろん。神掛けて」

「どうでしょう？　芥千壽も贋作が多いことでは、鉄斎に引けを取りませんからね」

右京が牽制（けんせい）すると、真奈美は亘から絵を取り上げた。

「これもご縁とおすすめしたまで。無理にとは申しません」

「提示額が相場より二割ほど安いのはどうして？」

亘の放った質問に、真奈美は動じることなく答えた。

「分割はお断りしてますから。一括できれいにお支払いいただく代わりに、気持ちだけ値引きしてますの」

「買った！」

「坊ちゃま！」

右京が戒めようとしたが、真奈美はほくほく顔で「いいお買い物ですよ」と亘に微笑（ほほえ）みかけた。

「じい、カード」

「失礼ながら……」右京が絵の前に立ち、においを嗅いだ。「このにおい、贋作の証拠ではありませんか？」

「えっ？」真奈美がたじろぐ。

「なんかにおったの？」

「坊ちゃま、お鼻がお悪いですから。油です。この乾ききっていない絵の具のにおい。数十年前に描かれた作品ではあり得ません。正式な鑑定をお勧めします。その結果が出てからお買いになってはいかがですか？」

「警察犬並みの嗅覚だけが自慢のお前が言うんだ。しょうがない……」

亘のことばに、右京が頭を下げる。

「恐縮です」

「ご自由に。でも今日を逃したら、二度とお目にかかれませんよ。欲しがる人はたくさんおられますから」

真奈美が虚勢を張った。

特命係の小部屋に戻ったふたりに、青木が四条真奈美の写真をホワイトボードに貼って、情報を伝えた。

「平成二十年からいまの画廊のオーナーですね」

「それ以前は？」亘がせかす。

「順に説明するから黙って聞いてろ、冠城亘。美大を卒業後、美術系の出版社に就職。十年勤めたあと、銀座の画廊に転職。その画廊というのが〈黎明画廊〉。そう、死んだ埜原義恭の画廊。両者は師弟関係です。四条真奈美は画商になる際、埜原義恭の薫陶を受けていたということですね。しかしまあ、よくこんな縁の人物、発掘してきますね。鼻が利くというか、感心しますよ」

青木が埜原の写真もホワイトボードに貼ったところへ、組織犯罪対策五課長の角田六郎がふらっと入ってきた。

「雁首（がんくび）そろえて暇か？　なんだ、この間死んだ画商か」角田が真奈美の写真に目を転じる。「ん？　この女も画商だろ？　銀座の画廊のオーナー」

「課長、ご存じなんですか？」

興味を示す右京に、角田が答えた。

「うん。ヤクザの情婦だ」

特命係のふたりはすぐさま〈扶桑武蔵桜〉の事務所を訪問した。四条真奈美の交際相手である若頭補佐の虎鉄（こてつ）から話を聞くのが目的だった。

案内されて事務所に入ると、虎太郎がいた。ＶＲの仮想国家〈ネオ・ジパング〉に関わる事件で面識のできた虎太郎だったが、顔や手に包帯を巻き、見るからに痛々しいありさまだった。

右京が虎太郎に訊いた。

「おや。どうなさいました？」

「転んじまって」

「転んだぐらいじゃそんな……」

亘は信じなかったが、虎太郎に真実を語るつもりはなかった。

「ド派手に転んだんすよ」

するとドアが開き、鬼丸が虎鉄を連れて入ってきた。

「お久しぶりです。こいつをお探しとか」


虎鉄は右京と亘を近所の焼肉屋に誘った。焼いた肉をビールで胃に流し込みながら、虎鉄は真奈美について語った。

「あいつはなかなかの目利きでね。贋作を見破れねえってことはないと思うが……」

特命係のふたりの前にはウーロン茶のグラスがあった。

「明らかに贋作でしたよ」と亘。

「まあ、猿も木から落ちますからね。で、わざわざ人の女に難癖つけに？」

「滅相もない」右京がウーロン茶に口をつけてから首を横に振った。

「警察の方相手に口幅ったいが、仮に贋作だったとしても、本物と信じて売ったんなら詐欺にはならんでしょう？」

「もちろん、騙す意思がなければ詐欺は成立しません」

「気をつけるように言っときますよ」

虎鉄がビールのお代わりを頼んだところで、亘が身を乗り出した。

「ただちょっと気になることが……。四条真奈美さんのお師匠さん、埜原義恭って人なんですけど、ご存じです？」

「知ってますよ。死んじまったねえ……」

「実はこの方、亡くなる前に詐欺を告白してるんです。贋作絵画を商ってたと」

「ほう」虎鉄が目を丸くした。

「で、今回、死んだ埜原さんの代わりに、作家から贋作絵画を買い上げたのが四条さんだったわけで……」

亘のことばを継いで、右京が斬り込んだ。

「身も蓋（ふた）もないことを申し上げると、我々、疑うのが商売なものですからねえ」

「師匠がやってた詐欺を、あいつが引き継いだんじゃないかって？」

虎鉄は顔色を変えることもなく、脂のしたたる肉を口に運んだ。


その夜、刑事部長の内村完爾（うちむらかんじ）は、テレビ電話で〈扶桑武蔵桜〉の組長、桑田圓丈（くわたえんじょう）と話をしていた。

——真面目なシノギだ。おまえさんたちの出る幕じゃない。

そう主張する広域指定暴力団の組長に、内村が言った。

「しかし、ヤクザは貪欲だなあ。なんにでも手を出す」

――こう締め付けが厳しくなっちゃ、えり好みなんざしてられねえよ。

「しかし、あれだろ？　警察は黙らせることができても、客は黙っちゃいないだろ。贋作ってバレたら、返金を要求されるんじゃないのかね。まあ、そうなったときには、おおかた代紋ちらつかせて黙らせるのがオチだろうが」

――気に食わねえなあ。真面目なシノギだって言ってるだろうが。贋作だっちゅうことは双方納得ずくなんだよ。詐欺働いてる前提でものを言うな。

「お前も知ってのとおり、警察は疑ってかかるのが仕事だ」

内村が奇しくも天敵の右京と同じようなことばを口にした。

――長年そんなろくでもねえ仕事やってるせいで、見ろ、その悪党面。ヤクザも真っ青だ。

悪党面の刑事部長が含み笑いをすると、さらに人相が悪くなった。

「お前も面磨け」

――心配すんな。ちゃんとな、相手見て商売やってるよ。貧乏人からなけなしの金、巻き上げるような、そんなまねしちゃいねえから。贋作のひとつやふたつつかまされたってな、ちっともこたえねえ連中が客だ。シャブ商うのに比べたら、至って平和なシノギだろう？　だからよ、余計な詮索はするんじゃねえよ。

桑田が悠揚迫らぬ物腰で、内村に忠告した。

翌朝、右京と亘は刑事部長室に呼ばれた。

「誰に断って囮捜査のようなまねをやってるんだ！」

内村がふたりを怒鳴りつけると、腰巾着の参事官、中園照生が追従した。

「そもそも、囮捜査は捜査手法として違法と適法のはざまを漂う、大変厄介なものだと知ってるだろ！」

「お前たちが遊び半分でやれるような代物じゃない！」

内村の叱責を、右京が詭弁でかわす。

「おことばですが、我々、捜査権がありません。捜査権がないのに囮捜査などできるはずもなく、仮に我々が囮捜査に似た行動を取ったとしても、それを囮捜査と称するのはすなわち矛盾しているわけで……」

中園が焦れて声を荒らげた。

「ああ、もう黙れ！　ごちゃごちゃ屁理屈言ってるんじゃない。言いたいことがあるなら端的に言え、端的に」

亘が参事官の要望に応えた。

「だから、あれは囮捜査じゃなくて単なる買い物です。ですよね？」

「ええ」

「ふざけるな！」内村が怒りを爆発させた。


刑事部長室を出た亘が右京に言った。

「ツーツーみたいですね」

「ええ」

特命係の小部屋では、角田が暇そうに愛用のパンダのマグカップでコーヒーを飲みながら、ふたりの帰りを待っていた。

「どこ行ってた？　虎太郎の件わかったぞ。一昨日（おととい）、新宿で袋叩きに遭ったそうだ。若い連中にボコボコにされたんだと」

「若者がヤクザを袋叩き」右京が興味を示す。「いったい何者でしょう？」

「さあ。捜査もしてないし……」

角田のことばを、亘が聞き咎（とが）めた。

「してないんですか？　傷害事件ですよ」

「ああ、親告罪（しんこくざい）じゃないから、着手しなきゃならんところだろうが、せめて被害届出すぐらいの可愛げがあればなあ……。向こうも警察に泣きつくわけにはいかんだろうな。

お互いさまだよ。若い連中、おそらく半グレどもだろう。オヤジ狩りならぬ、ヤクザ狩りってとこじゃないか」

「なるほど」右京が納得した。

「それより贋作絵画、どうやらヤクザが情婦に稼がせてるってレベルじゃないみたいだぞ」

「というと？」

「〈扶桑武蔵桜〉は、須鷹町（すだかちょう）に贋作工房を持ってるそうだ」

「工房？」亘が訊き返す。

「うん、よくあるだろ、シャブを小分けする拠点みたいなのが。そんな感じじゃないか」

「家内制手工業的な、あれ？」

「うん」

右京が角田の情報をまとめた。

「つまり、贋作絵画販売は組を挙げてのシノギ」

「ってことだな」

「しかし絵画なんて、そんなニーズあるんですかね？」

亘は半信半疑だったが、右京は確信を持っていた。

「有名画家の絵を欲しがっている人は相当数いますよ。本物など滅多にお目にかかれないとわかっていても、いま、自分の目の前にあるこれこそが本物に違いないと夢見るお大尽たちが」

角田も右京の考えを支持した。

「広く安く大量にさばくシャブなんかとは違って、売買単価は相当なもんだろうからな。ほどほどのニーズがあれば、それなりに成立する商売か」

「しかも贋作です。本物を仕入れて、利益を上乗せして売るのと違って、ほとんど丸ごと利益と言っていい代物ですからねえ」

角田が部屋を出ていくと、右京が提案した。

「贋作工房とやらへ行ってみましょう」

亘は難色を示した。

「贋作すなわち模写絵。いくら作ろうとなんの問題もなし。よって摘発できるわけでもないし、行ったところで……」

「しかし、気になるじゃありませんか」

そこへ出雲麗音が入ってきた。

「たびたび失礼します」

「おっ、またまたようこそ」亘が迎え入れる。

「出雲麗音、おふたりを手伝うよう、命令を受けて参りました」

麗音は刑事部長直々に命令を賜ったのだった。

「はい？」

「手伝うってなにを？」

右京も亘も戸惑ったが、一番戸惑っているのは麗音本人にほかならなかった。

「さあ……。なにをしようとなさってるんです？　なんであれ、手伝います」

「いまのところ間に合ってます」

右京は退けようとしたが、麗音も仕事だった。

「拒絶されようとも食らいつけと、命令を受けてます」

「そして我々の動きを逐一報告しろと？」

「はい」麗音が素直に認めた。

「我々の動きが捜一に筒抜けってこと？」

亘がかまをかけると、麗音が反問した。

「なにか不都合でも？　悪事を働こうとなさってるんですか？」

「悪事って」亘が苦笑する。

「たとえ足手まといになろうとも手伝います」

麗音のことばで、右京が上層部の意図を察知した。

「なるほど。足手まとい。我々の動きを察知すると同時に、封じ込めようという魂胆ですね」

「命令ですから」麗音はにっこり笑った。

「さすが俺。仕事が早い。早すぎる。贋作工房の場所、特定しましたよ」

そこへ聞こえよがしに自画自賛しながら入ってきた青木が、麗音の姿を認めた。

「おや。不死身ちゃん、不義密通継続中？　いけないねえ」

「贋作工房ってなんですか？」

青木は麗音の問いには答えず、亘に言った。

「場所わかったぞ」

青木の口を塞ぐ亘に、麗音が訊く。

「これからそちらへお出かけですか？」

「君、連れていきませんよ」

「食らいつけと命令を受けてます」

「車、乗せませんから」

「バイクで来てるので追いかけます」

「元白バイ乗りの追跡を振り切れますか？」

右京が亘に訊ねた。

「試してみます?」

「わかりました。手間を省きましょう、お互いのために。我々はこれから贋作工房へ向かいます。報告するなりご自由に」右京は麗音を退けることを諦め、青木に向き合った。

「場所を教えてください」

その頃、捜査一課のフロアでは芹沢が伊丹に話しかけていた。

「部長、必死ですね」

「昵懇の組が絡んでいるからな」

内村と桑田の仲は、捜査一課の一部の刑事たちには公然の秘密だった。

そのとき、芹沢のスマホの着信音が鳴った。

「我らがマタ・ハリからです」

三

〈アートスタジオ桜〉という看板が掲げられたプレハブ建築のがらんとした空間の中では、十人ほどの腕に自信のある画家たちが、思い思いのペースで古今東西の有名画家の作品を緻密に模写していた。〈扶桑武蔵桜〉の若い衆数人が用心棒として詰めていたが、とりたててすることもなく、ヘッドホンを着けてビデオを鑑賞したり、スマホのゲームに興じたりしていた。彼らは誰も、右京たちがすぐそばまで近づいてきていることを知らなかった。

「杉下さんは詐欺を立件したいんですか？」

工房が視野に入ったところで、麗音が訊いた。

「それよりなにより、埜原義恭なる人物がなぜ死ななければならなかったのか、それを知りたいんですよ」

「自首してきたけど門前払いの末、遺書も残さず自殺ですからね」

亘のことばを受けて、右京が自分の胸の内を明かした。

「自ら命を絶つのはよくよくのこと。伝えたい思いがなかったとは思えません。たとえそれを表明できずに死んだとしても、どこかにそれを知る手がかりがきっとあるはず。それを探し求めて、藁（わら）にもすがる思いでこうしているんですよ」

そのとき道の脇に停まっていた車の運転席から芹沢が降りてきた。

「ご苦労さん、出雲」

助手席からは伊丹が出てきて、右京に向き合った。

「おとなしく帰ってもらえませんかね。なりふり構わずこいつが派遣されたことからもわかると思いますが、今回はいつもと違う」

「内村部長ですか？」

右京の質問に答えるように、後部座席のドアが開いた。

「そのとおりだ」

シートに内村の姿を認めて、亘が声をあげた。

「あっ、部長！」

悠然と降り立った内村に、右京が一礼した。

「わざわざ現場へお出ましとは恐れ入りました」

「貴様らの自由にはさせん。とっとと消えろ」

亘は素直には引き下がらなかった。

「我々、ちょっと中をのぞかせてもらえないかって、来ただけなんですけどね」

「勝手なまねは許さん」

「ここ、ヤクザですよ。まるで部長、庇（かば）ってるみたいですね」

「もし摘発が必要なら我々がやる。貴様らの手は借りん。消えろ！」

内村が吠えたとき、ワゴン車が二台、猛スピードで突進してきた。工房の前で停まった車の中からは、鉄パイプやチェーン、ハンマーなどで武装した十数人の若者がばらばらと出てきて、あっという間に〈アートスタジオ桜〉の中に突入していった。

右京と亘は迷うことなく、工房へ向かって走り出した。芹沢は麗音に「応援を呼べ！」と命じてから、あとに続いた。伊丹も追いかけながら、内村に言った。

「部長はここでお待ちを！」

「余計な気遣いはするな！」内村も走り出したが、すぐに足を止めて、麗音のスマホを取り上げた。「余計なことをするな。ややこしくなるだろう！」

内村はそう言い捨てると、あとを追った。

右京たちが到着したとき、工房の中には男たちの怒号が満ちていた。侵入した若者たちが大暴れし、〈扶桑武蔵桜〉の若い衆や画家たちはなすすべもなくやられていた。

「やめなさーい！」

右京が大声で叫んだとき、内村が追いついた。

「警察だ！」

しかし、暴徒と化した若者たちに、そのことばは火に油を注ぐ結果となった。怯むようすもなく、刑事たちを新たな目標に定めて一斉に襲いかかってきたのである。百戦錬磨の刑事たちは若者たちの攻撃をかわしながら応戦した。しかし、多勢に無勢で形勢は決して有利とは言えず、身を護ることに精いっぱいで、喧嘩慣れした若者たちをなかなか制圧できなかった。

内村も懸命に戦ったが、命知らずの若者たちとの乱闘でいつしか体力を消耗していた。隙を見てひとりの若者が、背後から内村を襲った。金属バットを内村の脳天めがけて振り下ろしたのである。鈍い音がして、内村はその場に昏倒してしまった。

そのとき、鬼丸が若い衆を引き連れてなだれ込んできた。

「人んちでなに勝手してんだ、この野郎っ！」

するとリーダー格の金髪でサングラスの若者が、高々と指笛を鳴らした。

「オーケー、もう十分だ！　帰るぞっ！」

その号令で、若者たちは一斉に逃走をはじめた。〈扶桑武蔵桜〉の組員たちが追いかけたが、若者たちの逃げ足のほうが早かった。

右京たちは倒れたままぴくりともしない内村の周りに集まっていた。右京が状況を的確に判断した。

「動かすのは危険です。このままで。とにかく救急車を待ちましょう」

そこへ麗音が駆け込んできた。

「無事だったか」伊丹が聞いた。

「はい」

「うちの連中、なにやってんだ……」

外を見て焦れる芹沢に、麗音がぼそっと言った。

「すみません。呼んでません。部長に呼ぶなと止められました」

鬼丸が右京たちのところへ近づいてきた。

「大丈夫ですか？」

「彼らは何者ですか？」右京が訊く。

「さあ。どっかのイカレポンチどもですよ」

「なぜ襲撃を受けたんですか？」

鬼丸は右京の質問には答えず、そっぽを向いた。

「救急車が来たら、ご一緒にお引き取りを」

内村は警察病院に担ぎ込まれてＩＣＵで治療を受けたが、ずっと昏睡状態が続いていた。

伊丹と芹沢がＩＣＵ前の廊下で気を揉んでいるところへ、中園が駆け込んできた。

「どど……どうなんだ、部長は？」

荒い息で問いかける中園に、伊丹が目を伏せて答えた。

「深刻な状態のようです」

「い……出雲は？」

「まだ任務続行中ですよ」

芹沢の回答で、中園も理解した。

「ああ、特命と一緒か」

右京と亘と麗音は病院の控室にいた。右京が麗音に訊いた。

「ところで君は、応援要請を部長に止められたとおっしゃいましたね」

「ええ」

「で？」

「えっ？」

「君のことです。外でポケッと突っ立っていたわけじゃないと思いますが」

右京の言いたいことを、亘が悟った。

「まさか、君がヤクザたちを……？」

「そっちが来るなら問題ないかと思って。とにかく応援が必要な状況だと思いましたから」

「やはりそうでしたか。工房にいた若い衆は連絡する間もなくやられてしまったようですし、となるとどこから襲撃を受けているという情報を得たのか、ふと疑問に思いましてね」

右京が納得しているところへ、中園が現れた。

「出雲麗音、ただいまをもって任務を解く。戻れ」

麗音が控室から去ると、中園は特命係のふたりに命じた。

「お前たちもとっとと帰れ」

「いや、しかし部長が……」

亘のことばは、中園の罵倒に遮られた。

「お前たちが行動を慎めば、部長がこんな目に遭うことはなかったんだ！　この疫病神が……」


特命係の小部屋に戻ったふたりに、青木が告げた。

「ナンバープレートは二台とも偽造でしょう。登録はありません」

右京は若者たちの正体を探ろうとしていたが、このセンははなからさほど期待していなかった。

「やはりそうですか」

「もうひとつの件については、もう少し時間かかります」

「さすがのお前も手こずるか」

にやりとする亘に、青木が毒づいた。

「そりゃそうだ。最近、怪我して入院した不良っぽい若者がいないかなんて、条件が漠然としすぎだろう。バカたれ」

そこへ、鑑識課の益子桑栄がノートパソコンを携えて入ってきた。

「おい」

「おっ、手に入りました？」

亘は、虎太郎が若者に襲撃されたときの防犯カメラの映像が手に入らないかと益子にリクエストしていたのだった。

「ああ」とうなずき、益子がパソコンを操作してその映像を再生した。

亘が、虎太郎に殴る蹴るの暴行を加える若者たちの中に金髪でサングラスの男を見つけた。

「こいつ……」

「ええ、似てますね」右京が同意する。

「今日、襲撃してきた連中か？」

益子が訊くと、亘は「可能性、高いです」と答えた。

「この件は事件化せず、彼らの身元も調べていないようなので、早急に……」

右京の要請を受け、益子が声に怒りをにじませて請け合った。

「ああ、調べる。ただじゃおかねえぞ、こいつら」

その夜、特命係の小部屋をあとにしながら、亘が右京に話しかけた。

「ヤクザ相手に襲撃かけるなんて、相当気合入ってますね。やはり角田課長の言ったとおり、正体は半グレ？」

「ええ。普通はこれほどの無鉄砲、できませんからねえ」

「しかし、なんでまた？」

「工房が襲われたところを見ると、贋作絡みであることは間違いないでしょう」

「というと、埜原義恭の自殺にも関係あり？」

右京は今度は答えを返さず、曖昧な笑みで応じた。

四

翌日、右京と亘が〈アートスタジオ桜〉を訪れると、〈扶桑武蔵桜〉の若い衆が、無茶苦茶に壊された室内を復元していた。それを監督していた鬼丸と虎鉄に、亘が切り出した。

「ここを襲撃した連中の正体、わかりました」

右京がことばを継ぐ。

「まあ、そちらはとっくにご存じでしょうが。〈幻影城〉と名乗る半グレグループでした」

金髪でサングラスの男は蜂須賀史郎という大学生で、先ほど伊丹たちが逮捕したのだった。

特命係のふたりを工房の外へいざなった虎鉄に、右京が訊いた。

「虎太郎さんを襲ったのも同じ連中ですね？」

「やられっぱなしですね。巷(ちまた)じゃ、『やられたらやり返す倍返し』が流行ってるようですが」

亘が言い添えると、右京が続けた。

「まあ、倍返しかどうかはともかく、あなた方がやられっぱなしのはずはないと思いましてね、取り急ぎ捜したところ、いましたよ、あなた方の仕返しを受けた青年が。彼は虎太郎さん襲撃の報復で、病院送りにされた。そして、その報復で今度は、ここが襲撃されたわけです。すっきりしました。思ったとおり、報復合戦が繰り広げられていたんです、ヤクザと半グレの間で」

「なにもハブとマングースの喧嘩に首突っ込むこと、ありませんよ」

苦笑する虎鉄を、亘が挑発する。

「たしかに本音言えば、勝手に潰し合って両者滅びてくれりゃいいんですけどね」

「僕は、この報復合戦の発端は自殺した埜原義恭にあると睨んでいますが、違いますか？」右京が推理をぶつけた。「埜原義恭は子飼いの作家に模写絵を描かせ、それを商っていました。もちろん双方納得ずくの売買などではなく、埜原本人が告白したとおり、本物と偽って売る詐欺です。当然、時にはが贋作とバレてトラブルになることもあったでしょう。そこであなた方の出番です」

「いわゆるケツ持ちってやつ。騒ぐ客を黙らせる」

亘のことばを聞いて、虎鉄は鼻で笑った。

「いまどきそんなまねしたら、即お縄ですよ」

「ええ」右京がうなずいた。「ですから、実際に客を黙らせるのはあなた方ではなく、グズあなた方の組の名前です。埜原は自分のバックに暴力団がいることをにおわせて、グズグズ言う客を黙らせていたわけですよ」

虎鉄がため息をつき、しみじみと言った。

「目利きってやつは難しいねえ……」

「はい？」

「しっかり客を選んでるつもりでも、ときにやばいのを引いちまう。うちのがおたくらに売ろうとしたみたいにさ」

右京が虎鉄のことばの意味を察した。

「なるほど。埜原は客選びを誤ったわけですね。それが発端」

亘も埜原の失敗に思い至った。

「〈幻影城〉の連中みたいな若い奴らには、埜原も売ろうとしないでしょうからね。彼らに縁のある人物に贋作絵画を売ってしまったとか？」

「ええ。バックに半グレのいる人物を客にしてしまったんですよ。まさしく客選びの目利きに失敗した。……ですね?」

右京が虎鉄に迫った。

ちょうどその頃、半グレグループのリーダー、蜂須賀は警視庁の取調室で、伊丹たちに悪びれもせずに供述していた。

「先輩に偽物売りつけときながら、眠たいこと言いやがってさ」

蜂須賀によると、埜原は蜂須賀の先輩に贋作絵画を売りつけたうえに、それがばれるとこう開き直ったという。

――どなたの鑑定か存じませんが、これは間違いなく本物です。神掛けて。しかし、どうしてもお気に召さないというのであれば、引き取りましょう。ただし、返品は受け付けません。買い取らせていただきます。買い取りですから当然、お売りした価格に比べてずっと安くなりますが、よろしいですね?

同席していた蜂須賀が「コラ、詐欺師。ふざけたこと、言っててんじゃねえぞ」とすごむと、埜原も負けじと言い返した。

――ふざけてなど……。業界の慣例です。それと、詐欺師呼ばわりは心外ですね。

蜂須賀が供述を続けた。

「挙句は〈扶桑武蔵桜〉の名前、チラつかせてきたからね。ヤクザが絡んでるってことは、悪くない商売だろうってことで、こいつはひとつ、ご相伴にあずからなきゃってさ」

「横取りかよ」

伊丹が蜂須賀を睨みつけた。

虎鉄は右京の質問に答えていた。

「そもそもは目利きにしくじったのが悪い。だが、シノギを横取りされたんじゃねえ……」

「黙っていられませんねえ」

「それで抗争勃発ですか」と亘。

「いずれにせよ、自分のせいでヤクザと半グレが喧嘩をはじめたのでは、埜原も身の置き所がありませんねえ」

右京が埜原の心中を読むと、亘がそれを受けた。

「進退きわまって警察へ逃げ込んだ。ところが、詐欺を自首したものの門前払い」

「そりゃそうですよ」虎鉄が嘲笑する。「詐欺なんかしちゃいないんだ。本物と信じて売ってるんです。トラブったときの買い戻しだって、慣例どおりにするだけ。埜原もね、我々の名前出して脅すなんてバカなまねするから、ろくでもねえ連中につけ込まれちまったんだ。こっちもいい迷惑ですよ」

「この期に及んで、まだそんなこと言うんですか」

亘の非難も、虎鉄には馬耳東風だった。右京が再び埜原の気持ちを汲んだ。

「思いがけず半グレの逆襲を受けた埜原は、おそらくあなた方に助けを求めたのでしょうが、いまのように目利きをしくじったお前の責任と冷たくあしらわれたのでしょうねえ」

「半グレどもにはつけ込まれ、頼りの組には見限られ、警察には相手にされず、にっちもさっちもいかなくなった埜原はとうとう……」

亘がほのめかすと、虎鉄は面白くなさそうな顔で工房に戻っていった。その後ろ姿を見送って、亘が言った。

「詐欺の立件は容易じゃなさそうですね」

「しかし、傷害容疑のほうは立件できます。半グレどもと〈扶桑武蔵桜〉の検挙が可能ですよ」

右京が見通しを語ったが、亘は悲観的だった。

「でも〈扶桑武蔵桜〉の件は、部長の激しい抵抗が入りますよ」

亘が懸念した内村は、警察病院のＩＣＵで生死の境をさまよっていた。心電図モニターのアラームを聞きつけて、看護師が駆けつけた。

「心停止です！　ドクターをお願いします！」

アラームの鳴りやまぬなか、看護師は懸命に内村に心臓マッサージを施した。

「俺たちと仲良くしてりゃ死なずにすんだのに」

蜂須賀がせせら笑いを浮かべたとき、伊丹のスマホが鳴った。伊丹は席を立って電話に出た。

「はい、伊丹。えっ？　死んだ？」

右京と亘が警察病院に駆けつけたとき、中園は控室で茫然（ぼうぜん）自失の状態だった。伊丹と芹沢と麗音が中園を囲むように立ちつくしていた。

亘が中園に訊いた。

「部長が……本当ですか？」

「死んだ……たしかに死んだ」

ドクターは中園の目の前で「午後四時一分、死亡を確認しました」と宣告したのだ。

ところが奇跡が起こった。

「しかし、息を吹き返してしまった」

「はい？」右京が中園に訊き返す。

「生き返ったんだ」


翌日、内村は個室の病室で朝食を口にしていた。

「清々しい。生まれ変わったような気分だ」

いつもの仏頂面から別人のように穏やかな表情になっている内村に、付き添っていた中園が言った。

「なによりです。とにかく安心いたしました」

「襲撃のほうはどうなってる？　捜査は進んでいるのか？」

「はっ」中園が身を固くした。「工房を襲ったのは〈幻影城〉という半グレグループで、〈扶桑武蔵桜〉と揉めていたようです。まあ、半グレは特定の拠点を持たない連中なので、少々検挙には手こずっておりますが着々と」

「ヤクザのほうは、検挙は進んでいるのか？」

「えっ？　いやいや、そちらは……」

ことばを濁す中園に、内村が命じる。

「なにをしている。抗争がはじまれば、傷害容疑で検挙できるだろう！」

「よろしいんですか……？」

「中園くん、反社をのさばらせてどうするんだ」

内村が晴れ晴れとした顔で言い放った。

内村の命を受け、〈扶桑武蔵桜〉の一斉検挙がはじまった。〈幻影城〉の青年を病院送りにした虎太郎は傷害容疑で、鬼丸は傷害の教唆で、四条真奈美は詐欺罪で、それぞれ逮捕されたのである。


特命係の小部屋で、青木が亘とチェスの対戦をしていた。

「部長がおかしいって、もっぱらだ」と青木。

「ああ。言うことがまともになったって」

「まあ、部長のことだから、なんか魂胆あるんだろうけど」

右京が紅茶を淹れながら蘊蓄を語る。

「どうでしょうねえ？　ドイツの心理学者、ディートハルト・フィッツェンハーゲン博士の人格変貌についての論文によると、いわゆる臨死体験がその人物をまるで別人格にしてしまうことが、まれにあるそうですよ」

「臨死体験で人格変貌が起こる？」

半信半疑の亘に、右京が補足した。

「むろん、部長がそのケースだとは断言できませんがね」

その夜、内村はテレビ電話で桑田圓丈と話していた。

――どういう趣向か知らねえが、あんまり愉快じゃねえなあ。

ねめつける桑田を、内村が受け止めた。

「お前たちが必要悪だった時代があったことは認める。しかし、いまや無用悪だ。悪は撲滅しなきゃならん」

桑田が声をあげて笑った。

――おい、いったいどうしちまった？

「どうだ？　解散式でもやったら。俺が音頭とってやるよ」

――大概にしねえと怒るぜ！

「首でも洗って待ってろ！」

内村は一方的に通話を終了した。

翌朝、内村は特命係の小部屋にいた。

「俺はこれまで出世のために正義を犠牲にしてきた。それについては忸怩（じくじ）たるものがある。これからはないがしろにしてきた正義を取り戻そうと思う。そのためには、お前たちふたりの協力が不可欠だ。期待してるぞ」

内村が差し出した右手を亘が握り返した。

「どうも」

「よろしくな」

右京はためらいながらも、握手に応じた。

「こちらこそ」

「固めの杯といきたいところだな。冗談だよ」

高笑いしながら去っていく内村を見やって、亘がなんでもお見通しの上司に訊いた。

「警視庁、これからどうなるんでしょうね？」

「さあ。見当もつきません」

さすがの右京も、今回の事態は想定外だった。

第十話

「オマエニツミハ」

一

特殊詐欺グループのリーダー、柚木竜一は高級マンションの一室でスマホで通話をしていた。

「今月の上がり、少ねえじゃん。どうなってんのよ？　ガツガツ搾り取れっつうんだよ、お前、サツにビビってどうすんだよ」

相手の返事に苛立った柚木は、舌打ちをするとベランダに出た。

「何人パクられようが、補充すりゃいいだけだろうが！　お前、面白いこと言うね。てめえも沈めるぞ、コラ」

スマホの通話口に向かって罵倒のことばを吐く柚木は、まさか自分が離れた場所から望遠レンズ付きのカメラで撮影されているとは、夢にも思っていなかった。

数日後、組織犯罪対策五課の刑事たちが柚木の率いる特殊詐欺グループの摘発をおこなった。

「行くぞ」

課長の角田六郎のかけ声で、刑事たちが一斉に繁華街にある雑居ビルの二階の一室に踏み込んだ。部屋の中には十人程の若者がいて、スマホで電話をかけていた。

「警察だ！　動くな！　はいじっとして。じっとして、そのままそのまま。責任者、令状読み上げるから前に出て」

角田が令状を掲げると、若者たちは凍りついた。

「責任者、お前か？」

角田がひとりの若者に目星をつけたが、若者は必死に否定した。

「違います！」

そのとき、ひとりの若者が窓のほうへ駆け寄った。

「おい、お前動くな！」

角田の制止を振り切って、若者は窓から地面へ飛び降りた。

だが、そこには特命係の杉下右京と冠城亘が待ち受けており、難なく若者を捕まえた。

「おお、サンキュー。助かった」

二階の窓から顔を出して礼を述べる角田を、右京が見上げた。

「お役に立ててなによりです」

翌日、非番だった右京は銀座の紳士服店にいた。鏡の前に立つ右京の胸元に、家庭料理〈こてまり〉の女将、小手鞠こと小出茉梨が見繕った赤いネクタイをあてがった。

「うーん、さすがにこれは派手かなあ？」

「そうでもないと思いますよ」

右京のひと言で、小手鞠が決心した。

「そうね。悪くないか」

白髪のベテラン店員がにこやかに笑った。

「どれもご主人によくお似合いですよ」

「えっ？　ああ、そうなんですよ。うちの夫、なんでも着こなしちゃうんです。ねえ？あなた」

思わず苦笑した右京は、そのとき目の前の鏡に知り合いの顔が映っているのに気づいた。サイバーセキュリティ対策本部のおしゃべり男、青木年男が店のショーウィンドウ越しにらんらんと目を輝かせて含み笑いをしていたのだ。

「どうもありがとうございました」

深く腰を折る白髪の店員に見送られ、右京と小手鞠は銀座の通りに出た。

小手鞠が愉快そうに笑った。

「本当は不倫カップルだと思ってますよ。さすが老舗(しにせ)ね、おくびにも出さない。杉下さん。今日はお付き合いいただきまして、ありがとうございました」

右京の脳裏には青木の顔の残像が焼き付いていた。

「面倒なことにならなければいいのですが……」

「えっ？」

「ああ、いえいえ、こちらの話です」

そのとき、ひとりの若者がスクーターで料理店の前に乗りつけた。スクーターの荷台には発泡スチロールの箱が載っていた。小手鞠が若者に声をかけた。

「あら、達郎くん！」

「あれ？　女将さん。こんなところでなに……あっ」

右京の姿を認めて口をつぐんだ達郎と右京を小手鞠が繋いだ。

「魚屋さんの達郎くん。こちらは常連の杉下さん」

金髪の達郎がひょいと頭を下げてお辞儀をした。

「この人ね、こんなふうに見えて、魚を見る目だけはたしかなんです」

右京が当意即妙な受け答えをした。

「あなたのおかげで、いつもおいしい魚をいただいています」

「いやいや、俺なんてまだまだっすから。ははあ、やっぱりなあ」

「なによ？」

「いや、女将さんにもこういう人がいて安心したっす」

「バカ、なに言ってんのよ。ガキのくせに、生意気言ってんじゃないわよ」

小手鞠が威勢よく達郎に言い返した。達郎は気にもかけず、再びひょいとお辞儀した。

「口は悪いけど根はいい人なんで。女将さんのこと、よろしくお願いします」

「もう、だから違うってば！」

達郎がスクーターの荷台から発泡スチロール箱を下ろす。

「あっ、今日は鯛のとびきりいいやつ入ってるからさ、またあとで！」

「うん」

「失礼します。まいど！」

料理屋に入っていく達郎を見送って、右京が訊いた。

「もしかして彼ですか？　プレゼントのお相手は」

「ええ。わかりました？　ちょっと危なっかしいところがあって、なんだか母親みたいな気持ちにさせられちゃうんですよね」

右京はそのとき背中に視線を感じた。てっきり青木だろうと思って振り返ると、見知らぬ中年男が顔を背けて立ち去っていった。

翌朝、右京が登庁すると、ふだんは挨拶などしない女性警官がわざわざ近づいてきて、「おはようございます」と笑顔で迎えた。周りの面々もにやにやしながら、右京を見守っている。

「おはようございます」

ただならぬ雰囲気に困惑しながら特命係の小部屋に入ってネームプレートを裏返す右京を、亘がスマホを操作しながら迎えた。

「おはようございます。庁内が右京さんの噂で持ちきりですよ」

「青木くんですね？」

「運が悪かったですね。警視庁一のラウドスピーカーに密会現場を目撃されるとは」

「小手鞠さんに頼まれて、ネクタイ買うのに付き合っただけです。マネキン代わりですよ」

「そんなことだと思ってましたけど」

「で、どういう噂になってるんですか？」

亘がスマホでＳＮＳの投稿を右京に見せた。

「あっという間に尾ひれがついて、最新版は『杉下右京、ついに二度目の結婚』」

「ＳＮＳ時代の噂は恐ろしいですねえ」

そこへ、ふだんは人一倍ゴシップに目がない角田が、ため息をつきながら入ってきた。

「どうしました？」亘が声をかける。

「捕まえた連中、またしてもなんにも知らない下っ端ばかりだった。せっかくお前らに応援に来てもらったのによ」

「お気になさらずに。我々、暇ですから」

　亘が自虐ネタで返すと、右京はまじめに言った。

「しかし、幹部を捕まえないことには、特殊詐欺はいつまで経ってもなくなりませんね」

「自分のところまで手が回らないようなシステムを作り上げてやがる。卑怯な野郎どもだ。末端の連中のことなんか、いつでも切り捨てられる駒としか思ってねえんだよ」

「それでもこう不景気じゃ、目先の金に釣られて、犯罪に手を染める奴が次々と湧いてくる」

　亘のことばを受けて、角田がぼやく。

「システム作った奴だけがボロ儲けだ」

「犯罪組織にも格差社会の現実が……」

「はあ、やだやだ」角田が右京に向き直った。「いいねえ、あんたは幸せそうで」

「はい？」

「おめでとう」

　再びため息をつきながら部屋を出ていく角田を見やって、亘がさっきのことばを繰り返した。

「SNS時代の噂は恐ろしいですね」

そのとき、右京のスマホが振動した。

「もしもし」

相手は警察庁長官官房付の甲斐峯秋だった。

――ご無沙汰してるね。元気かね？

「おかげさまで。で、どういったご用件でしょう？」

――いやね、君に関するちょっと気になる話を耳にしてね。今晩、〈こてまり〉でどうかな？


その夜、小手鞠の店、家庭料理〈こてまり〉へ向かいながら、亘が右京に言った。

「甲斐さんにまで噂が届いてるとは。注目の的ですね」

「まったく迷惑な話です」

「青木をこっぴどく叱っておきます」

「まあ、人の噂も七十五日と言いますからね」

「七十五日……結構長いですね」

「英語だと"A wonder lasts but nine days"。九日間です。すぐに忘れられますよ」

亘が立ち止まり、しゃがんで靴紐を結びなおすふりをしながら、カーブミラーに目をやった。

「ちょっとすみません。注目の的といえば、さっきから後ろ、誰かつけてきてるようですが」

右京もすでに気づいていた。

「ええ。あの男、昨日から僕の周りをうろついています」

「じゃあ、右京さんが目的？　心当たりは？」

「ありません」

「何者なんでしょうね……」


小手鞠は話を聞いて笑い飛ばした。

「やだ、もう。面倒なことって、そういうことだったんですか？」

「ええ」右京が首肯した。「見られた相手が悪かったものですからね」

「警察という組織は噂話が大好物ですからね。特に男女の」

亘の示した見解を、峯秋が認めた。

「たしかにそのとおりだね。スキャンダルでもあろうものなら目の色が変わるよ。追い落とすチャンスだからね」

「やあねえ」

亘が見解を深めた。

「しょせんお役所、足の引っ張り合いは常ですからね」

「しかし、話を聞いたときはね、ちょっと期待したんだよ。杉下くんと小手鞠にようやく春が来たなって」

峯秋の発言に、右京はポーカーフェイスで「おやおや？」と返した。しかし、小手鞠のほうは声をあげた。

「いまのことば、聞き捨てなりませんね。それじゃまるでわたしたちの人生がずっと冬だったみたいじゃないですか」

「そうは言ってないがね。いや、ふたりともいい年だ。ここら辺で落ち着いてくれれば、ひと安心だと思ってね」

「見損なってもらっちゃ困りますよ。この小手鞠、この先もひとりで生き抜く覚悟、とうにできてるんですから」

「同じく」右京が同調した。

「それはそれはお見それいたしました。いや、名残惜しいがね、このあとつまらん会合があってね。お先に失礼するよ。この勘定は僕にね」

立ち上がった峯秋に、亘がすかさず頭を下げた。

「ご馳走さまです」

「今日は倍付けですからね」

小手鞠が笑うと、峯秋は肩をすくめた。

「倍付けか。じゃあお先に失礼。どうも」

「ありがとうございました」

小手鞠が戸口で峯秋を見送っていると、入れ替わりに中年の男性客が現れた。

「あっ、いけますか？」

「ええ。おひとりですか？」

「ええ」

「どうぞ。上着お預かりしましょうか？」

「あっ、大丈夫です」

男がカウンター席に着くと、右京と亘は顔を見合わせた。その男は、右京をつけ回していた男にほかならなかった。右京が問い質す。

「なにかご用でしょうか？　昨日から僕の周りを嗅ぎ回っていらっしゃいましたね」

「やはりお気づきでしたか……。素人がプロ相手に大変失礼いたしました」

男が差し出した名刺には、「仁江浜光雄」という名が印刷されていた。亘は肩書に注目した。

「フリージャーナリスト？」

「ええ。元は新聞記者だったんですが」

「仁江浜って珍しい名前ですね」

「ペンネームです。能登に仁江海岸ってところがあってその近くの出なもので」

「で、ご用件は？」右京がストレートに訊く。

「実は警視庁に杉下右京という、知る人ぞ知る伝説の刑事がいる、という噂を耳にしまして」

「伝説……」亘が苦笑した。

「捜査一課の陰に隠れてはいるが、数々の難事件を解決してきた人物だと。ですよね？」

「たしかに」認めたのは右京の相棒だった。

「いやあ、フリーになってまだ日が浅いんで、いまはあちこちに小さな記事を書き散らしてるだけなんですが、杉下さんの話なら、世に出す価値のあるものが書けるんじゃないかと思いまして」

「ぜひ読んでみたいですね」と、亘が話を合わせた。

「本当はきちんと筋を通して、取材を申し込むつもりだったんですけど……」

右京が表情を変えずに遮った。

「お断りします」

「気を悪くされたなら謝ります」

「どなたが相手でも、そのような類いの話を受けるつもりはいっさいありませんので」

「参ったな……。女将さん、ちょっと取りなしてくださいよ」

仁江浜が小手鞠に泣きついた。

「わたしがなんか言って、どうにかなる人じゃありませんよ」

「まあ、一度決めたら、梃子(てこ)でも動かない人ですからね」と亘。「頑固というか、意固地、偏屈、へそ曲がり、天邪鬼(あまのじゃく)にひねくれ者……」

右京が相棒を睨(にら)む。

「もう十分じゃありませんか」

「はあ……わかりました」仁江浜が名刺をしまう。「こういう場でする話じゃなかった」

「そうね。ちょっと無粋だったかもしれませんね」

小手鞠に言われ、仁江浜が立ち上がった。

「今日のところは引き下がります。でも、僕も結構しつこいんで。以後お見知りおきを」

仁江浜は右京の目を見て笑うと、店を出ていった。


翌朝、河川敷の橋桁の下で男の撲殺遺体が発見された。捜査一課の伊丹憲一と芹沢慶二が現場に到着したときには、すでに出雲麗音が臨場していた。

「ご苦労さまです」

伊丹が顔中痣だらけのスーツ姿の男の遺体を見下ろした。

「はあ……ひでえありさまだな」

鑑識課の益子桑栄が検分の結果を伝える。

「全身、滅多打ちにされてる。凶器はまだ出てないが、おそらく鉄パイプだな」

「財布は手をつけられていませんでした。金目的ではなさそうですね」

麗音の見立てを、芹沢が一蹴した。

「お前さんの考えは聞いてない」

「はい。これ、被害者のものです」

麗音が遺留品の身分証を芹沢に渡した。「墨川区役所」のＩＤカードだった。伊丹が身分証を読んだ。

「生活福祉課、鎌田弘明」

「お役所の人間ですか」

芹沢が言わずもがなのことを言った。

「目撃者は？」

伊丹が訊くと、麗音は「あっ、それが……」と口ごもり、視線を転じた。伊丹と芹沢が麗音の視線を追うと、その先では右京と亘が、ホームレスらしき男と話をしていた。

「おい！」

「なんで放っておくの！」

伊丹と芹沢が麗音を叱った。

「困るって言ったんですけど……」

「お前よ、舐められてんだよ。一課の威厳を示せ」

非難する伊丹に、芹沢が被せた。

「いつになったら一人前になんのかね？」

捜査一課の三人は聞き込みを続ける右京たちのもとへ近づき、代表して伊丹が口を開いた。

「警部殿！」

「皆までおっしゃらずともわかっています」

右京が伊丹を手で制すと、亘がホームレスの証言を要約した。

「地元の不良グループが因縁つけて、リンチしたのではないかとおっしゃってますが」

「そんなことはこっちで訊くからいい！」

伊丹がいきり立つ。

「出雲！　きっちりお見送りして」

芹沢に命じられ、麗音が特命係のふたりに頭を下げた。

「じゃあ、すみませんが……」

ふたりは麗音のあとについて歩きはじめたが、右京はふと足を止めて振り返り、橋台に描かれたばかりと思しき禍々しい鉤十字の落書きに目をやった。

「どうしました？」

亘の問いに、右京は「いえ。行きましょう」と答え、現場から立ち去った。

伊丹が改めて、吉村隆明と名乗る初老のホームレスに向き合った。

「で、あんたなにを見たの？」

「いや、さっきの刑事さんに話したばっかりだよ」

「あの人たちは関係ないから」と芹沢。

「もう一度、順を追って話してくれるか？」

伊丹の要請を受け、吉村は渋々話しはじめた。

「昨夜、夜中に音がして目が覚めてよ、小便しようと思ってあそこに……」吉村が草むらを指差した。「そしたら車がやってきた。この辺、ときどき、悪さするガキどもがいるんだよ。なにかあったらひと言言ってやろうと思ってな……」

吉村が言うには、車から複数の人物が降り立って、命乞いをする被害者を容赦なく鉄パイプで滅多打ちにしたとのことだった。その後、シューッという音も聞こえたという。

「車を見たんだな？」伊丹が確認する。「どんな車だった？」

「どんなって言われても……」

「色とか形とか」

「うーん、離れてたし、暗かったしなあ……」

「襲った奴ら、何人いた？」

「えーっとな、ふたりだったかな」

「服装は？」

「黒っぽい上着を着ててよ。フードっつうの？　それを頭から被ってたよ」

「ふたりともか？」

「ああ。いや、どうだったかな……」

「はっきりしねえなあ」伊丹が舌打ちする。

「……あっ！」

「なんだ？　なにか思い出したのか？」

「そのフードの男な、足引きずってた。右足だよ」

「たしかなんだな？」

「おう、間違いねえよ」

芹沢が吉村に訊いた。

「いまの話、さっきのふたりには？」

「してねえよ。いま、思い出したんだもん」

吉村の返事を聞いて、伊丹と芹沢はほくそ笑んだ。


右京と亘は墨川区役所の生活福祉課で聞き込みをした。応じたのは鎌田の上司の渋井と課長の西山だった。西山は言った。

「鎌田くんは臨時の職員で、主に受付業務を。誠実な仕事ぶりで信頼してたんですが……残念でなりません」

「プライベートについては、なにかご存じありませんか？」

亘が質問すると、西山は「どうなの？　渋井くん」と部下に振った。

「私もときどき、酒を飲む程度ですが、課長がおっしゃったように本当に素直で真面目な奴なんです。母ひとり子ひとりだから、自分がしっかりしないとって、よく言ってました」

「誰かに恨まれるというようなことは？」

「彼に限って考えられません」

右京はひとりの女性職員が興味深そうにこちらをうかがっているのに気づいた。右京と目が合うと、その職員、柿沢優香はさっと目を伏せた。

なにか鎌田のことを知っていると読んだ右京は、優香に声をかけた。優香は俯きながら、特命係のふたりを屋上に誘い出した。

「事件に関係あるかどうか、わかりませんけど……」

「構いませんよ。あなたから聞いたとは誰にも言いませんので」

右京が約束すると、優香はポシェットから菓子を取り出した。

「ちょっとやってらんないときとか、ここに来るんですよ。一応立ち入り禁止になってるんで、人目につかないし」

亘が合いの手を入れる。

「なるほど、いい場所ですね」

優香は菓子を口に放り込みながら語った。

「役所の窓口業務って、ストレスたまる仕事なんです。身勝手な人やクレーマーみたいな人もいて。お役所は恵まれてるってイメージあるから。わたしら臨時職員は全然、そんなことないのに」

「それでも鎌田さんは誠実に対応されていたんですね」

右京のことばに、優香は「ええ」とうなずき、むさぼるように菓子を口へ運んだ。

「課長や渋井さんだけじゃなくて、わたしらにも丁寧に接するし、絵に描いたような好青年っていうか……」

右京が優香のことばを先読みした。

「でも、裏の顔があった？」

優香は力強くうなずいた。彼女は、鎌田が屋上で、大声で罵詈雑言を吐き散らしているところを偶然見かけたのだった。鬱憤を晴らすかのように、「死ね！」「バカ野郎！」と不満をぶちまけていたという。

「あまりの変わりように怖くなりました」

優香に礼を述べ、職場に帰したところで、亘が右京に言った。

「怨恨の線も捨てきれなくなりました」

「だとすれば、被害者に強い恨みを持っていたことになりますねえ」

「全身、滅多打ちですからね」

「そろそろ現場も落ち着く頃でしょうか」

右京が腕時計を見て、謎めいた発言をした。

警視庁の会議室では、鎌田弘明の母親の美千代が悄然と、伊丹たちの事情聴取に応じていた。

「じゃあ、普段から帰りは遅かったんですね」

伊丹の質問に、美千代は泣きながらうなずいた。

「仕事が終わったあと、弘明さんはどちらに？」

「わかりません……」

「財布の中にネットカフェの会員カードが」

麗音が口を挟むと、芹沢が唇に指を当てて黙らせた。伊丹が質問を続けた。

「現場は河川敷だったんですが、その辺りに弘明さんが行かれるようなことは？」

「わかりません。なんで！　ああ……」

美千代は泣くばかりでほとんど有益な証言を引き出すことはできなかった。

伊丹は芹沢と麗音を部屋の隅に呼んだ。

「今日は無理だな。落ち着くまで休んでもらえ」

「はい」

うなずく麗音に、伊丹が言った。

「俺たちは昨夜の被害者の足取りを追う」

「とりあえず、ネットカフェに行ってきます」

芹沢が嫌みたっぷりに付け加えた。


右京と亘は河川敷に戻り、吉村のねぐらとなっているテントを訪ねた。吉村はテントの中でラーメンをすすっていた。

「先ほどはどうも。これ、よろしければ」

右京が日本酒の一升瓶を差し出すと、吉村は顔をほころばせた。

「えっ？　いいのかよ？」

右京と亘は吉村を橋台の近くの犯行現場へ連れていった。

「あのおっかねえ刑事（デカ）に内緒にしろって言われたんだけどよ、犯人のひとりが右足引きずってるの、思い出したんだよ。こんなふうによ」

吉村が引きずるようすを実演した。右京が目を輝かせる。

「それは大変貴重な情報ですねえ」

「だろ？　あの刑事たち、横柄でよ。気に食わねえんだよ」

「まあ、ごもっともです」亘が微笑（ほほえ）んだ。

「そこいくと、あんたたち、いい人みてえだからな」

「我々、親切丁寧がモットーですから」

右京が橋台の落書きを指差した。

「で、お訊きしたいのは、この鉤十字の落書きのことなんですがね」

「はあ……」

「これだけ新しく見えるのですが、以前からありましたか？」

吉村が首をひねった。

「そう言われたら、見覚えねえな。……あっ、そうか！　昨夜聞いたシューって音、スプレーの音だったんだ」

「では、やはり犯人がこれを……」

右京は自分の考えが正しかったことを知った。

「これでまた手柄に近づいたか？」

「ええ。お食事中にすみませんでしたね」

「もう戻ってもらっても構いませんよ」

亘が言うと、吉村が一升瓶を掲げた。

「そうかい。手土産悪かったな。じゃあ頑張れよな」

「ありがとうございました」

右京が吉村を見送っていると、そこへふいに仁江浜が現れた。

「こんなところでお会いできるとは。この事件、担当されてるんですね」

「あなたも？」亘が探りを入れた。

「ええ。さっきまで近隣住民の取材を。この辺にたむろする不良少年たちがいるようで、そいつらの仕業じゃないかって、みんな怖がっていました。おふたりもそうお考えですか？」答えが得られなかったので、仁江浜は続けた。「住民が不安になるのも当然です。少年犯罪はどんどん凶悪化し、治安も悪化していますからね」

そこで右京が反論した。

「おことばですが、少年犯罪は一九八〇年代をピークに減少しています。凶悪犯も然り。一部のメディアが煽り、ＳＮＳが拡散することで、そう思い込む人がいるだけです」

「たしかに事実はおっしゃるとおり。でも現に、リンチ殺人なんて残忍な犯罪が起きてるんです」仁江浜は橋台の落書きに目を転じた。「ハーケンクロイツか。まるでファッションみたいにこんなものに惹かれる奴がいる。歴史をきちんと教えていませんからね、この国は。犯人がこの落書きをしたと？　事件については話していただけないようですね」

「当然です」

口の堅い右京に、仁江浜はスマホで一枚のモノクロ写真を見せた。そこには赤ん坊が写っていた。

「これ、誰だかわかりますか？　有名人の赤ん坊時代なんですけど」

亘がスマホを受け取った。

「ずいぶん古い写真ですね。日本人じゃないのはわかりますが……」

右京は答えを知っていた。

「アドルフ・ヒトラーですよ」

「これが……変われば変わるもんですね」

亘が感心していると、仁江浜がその写真に関するエピソードを披露した。

「アメリカの新聞社がアンケートを取ったんです。『もし過去に戻れるなら、あなたは赤ん坊のヒトラーを殺しますか？』。半数近くの人がイエスと答えたそうです。まあ、いかにもアメリカ人らしいですが、僕もそう問われたらイエスです」

右京はそのエピソードも知っていた。

「アンケートといっても、ＳＮＳ上でおこなわれたものです」

「だから信憑性に欠けると？」

「そうは言いませんが、過去に戻れない以上、意味のある数字とは思えません。単なる思考実験に過ぎませんよ」

「だとしても、社会に害を及ぼす芽はさっさと摘むべきだという、民意じゃないですか。僕はね、この国は少年犯罪に対して甘すぎると思うんです。未成年だからって厳罰に処されないのは、どうしても納得できません」

多少むきになって自説を開陳する仁江浜に、亘が当たり障りなく応じた。

「まあ、少年法についてはいくつか議論はありますがね」

右京は自らの見解を述べた。

「人間形成のできていない少年に矯正教育を施し、社会へ送り出す。その方針は間違いではないと思いますがね」

「教育ではどうにもならない奴も大勢います」仁江浜が右京に向き直った。「ろくでなしはろくでなしのまま、社会に放たれることになる」

「そういう乱暴な言い方はどうかと思いますよ。史上最悪のジェノサイドの首謀者と、少年犯罪を同列に語ることも」

「おっしゃることは正論です。でも、大衆は正論を求めていない」

「そうでしょうか?」右京が疑問を呈した。

「ええ。大衆が求めているのは綺麗ごとなんかじゃない。感情に直接訴えかけてくることばです」

「感情で善悪を判断するのは危険です」

次第にヒートアップする議論に、亘が割り込んだ。

「右京さん、ややこしい話はその辺にして。我々、仕事中ですから」

亘がスマホを仁江浜に返した。

「すみません。ちょっと熱くなってしまいました。それにしても、杉下さんと議論するのは面白い。ますますあなたに興味が湧いてきました。僕も仕事に戻ります。また会いましょう」

仁江浜は手を振って去っていった。

その夜、警視庁に戻ってきた右京と亘は、麗音が中年女性と並んで歩いてくるところと鉢合わせした。

「被害者のお母さまです」

麗音の紹介を受け、右京が頭を下げた。

「このたびは大変ご愁傷さまです。恐縮ですが、ひとつだけよろしいですか?」右京が右手の人差し指を立てた。「犯人は殺害現場に鉤十字の落書きを残していました。なにか心当たりはありませんかねえ」

鎌田美千代は困惑顔になった。

「鉤十字?」

「ええ、ナチスドイツのあのマーク」

そのひと言で、美千代は激しく動揺した。そして、「わかりません」と言い残し、逃げるように去っていった。

「心当たり、大ありのようですね」

亘が右京の耳元でささやいた。

二

翌朝、青木がいつになく神妙な顔で特命係の小部屋に入ってきた。

「杉下さん、おはようございます。杉下さん? あの……杉下さん?」

右京から無視されても、青木はめげずに続けた。

「冠城亘から事情を聞きました。僕の勘違いだったと。そして、杉下さんが大変お怒りだと。ただ、僕は決して悪気があったわけではなくて、ほんの数人に話しただけで……」

右京は紅茶を口に運びながら、冷ややかに応じた。

「会う人会う人に触れ回ったと聞いていますが？」

「僕は杉下さんが二度目の結婚をするなんて、ひと言も言ってませんから！　本当、人の噂って怖いですよねえ」

「なにか手土産はあるんでしょうねえ」

青木がほっとした表情になった。

「もちろんです。伊丹さんから依頼されていた分析結果、いの一番にこちらへ」青木がノートパソコンを開いて、操作した。「鎌田はいつも利用していたネットカフェで、SNSに大量の書き込みをしていました。そのほとんどが誹謗中傷。役所勤めの身で、万が一こんな書き込みが周りに知れたら……」

「だからわざわざ、ネットカフェを利用していた」

「自分のPCやスマホだと証拠が残ると考えたんでしょう。しょせんは素人の浅知恵」

青木が鎌田のSNSの書き込みを次々に表示した。

「ちょっと止めてください」

右京が着目したのは次のような書き込みだった。

――ヒトラーは偉大だった。

――ナチズムを現代に蘇らせる。

そこへ亘が戻ってきた。

「右京さん、案の定でした。あれ？　もうお許しが？」

「冠城亘、僕は杉下さんの知恵袋。切っても切れぬバディなんだよ。ねえ、杉下さん」

右京は青木を無視して、亘に訊いた。

「案の定とはなんのことでしょう？」

「鎌田は中学時代、少年院に入ってました。鉄パイプで無差別に人を襲った罪で。もうひとつ、興味深い事実が。鎌田は当時、ナチスにかぶれていたようなんです。出雲に確認したら、あの母親、ひと言もそんな話はしなかったそうです。事件後に離婚、引っ越して、母親の旧姓に変わっていた。過去を隠し続けてたんでしょう」

右京が鎌田のSNSに触れた。

「被害者はいまもSNSで、ヒトラーを信奉するような書き込みをしていました。もっとも思想的背景があるとは思えませんがね」

「いまも？」

「かつて鉄パイプで人を襲った人間が、同じ凶器で殺された」

亘は、右京の言いたいことを悟った。

「昔の事件の被害者による復讐？」

「ええ。そう考えると、あの落書きの意味も理解できますねえ」

捜査一課のフロアに参事官の中園照生が顔を出し、刑事たちに指示を出していた。

「被害者の鎌田弘明は、十三年前に連続暴行事件を起こしていたことが判明した。怨恨の線も浮上してきたということだ。地元の不良少年グループの洗い出しと並行して、そっちの事件の関係者の捜査も進めてくれ」

「失礼します」伊丹がホワイトボードに貼られた鎌田の写真をはがした。「事件当時、鎌田は中学生か」

「人権派が騒ぎ出すかもしれんからなあ。当面の間、過去の事件についての保秘を徹底しろ。メディア相手にベラベラしゃべるんじゃないぞ」

中園の命令に、刑事たちは「はい」と声をそろえた。

——鉄パイプ殺人の被害者は中学生時代通り魔だった

数日後、『日刊トップ』の一面に大きな見出しが躍った。小見出しもセンセーショナルなものだった。

　――ヒトラー信奉者でナチズム礼賛

　刑事部長室で、内村完爾がその『日刊トップ』を机に叩きつけた。内村の前には伊丹と芹沢が呼ばれていた。

「バカ者が！　捜査情報を抜かれおって」

「だから言ったんだ。保秘を徹底しろって。誰がバラした？　調べついてるのか？」

　中園が声を荒らげたが、伊丹は反論した。

「おことばですが、いまはそんなことをしている場合では……」

「なに？」

「捜査終了後、きっちり片をつけますので」

「まあいい」内村が折れた。「それで捜査はどこまで進んでるんだ？」

　芹沢が報告した。

「鎌田弘明に暴行を受けた被害者は五人。そのうち四人からは話が聞けてアリバイも確認しました」

「残りのひとりは？」

　中園の質問に、伊丹が答えた。

「瀬川利光（せがわとしみつ）という男です」

「先月まで働いていた場所がわかりましたので、いまから」

芹沢が頭を下げると、伊丹がとっておきの情報を漏らした。

「瀬川は鎌田から受けた暴行で右足に大怪我（おおけが）をして、足を引きずるようになっていたそうです」


伊丹と芹沢は、瀬川が勤めていた麻雀店を訪れ、店長から話を聞いた。

「挨拶もなしに勝手に辞めたんですよ。社員寮も黙って引き払って。だから行方なんて言われてもね」

「どんな男でした？」芹沢が質問した。

「ぶすっとして、客の評判も悪くてね。あいつ足が悪くて、そのこと客にからかわれてブチキレちゃったり。問題多かったから、辞めてもらってよかったんですけど」

「給料は振り込みですか？」伊丹が訊いた。

「ええ」

「瀬川の口座番号、教えてもらえませんか？」


サイバーセキュリティ対策本部の土師太（はじふとし）は伊丹から電話を受けていた。

「はい、わかりました。お任せください。私は誰かと違って、おふたりに忠誠を誓っておりますから。では」

パソコンに向かった土師のもとへ、会話の断片を聞きつけた青木がやってきた。

「伊丹さん？　なんの電話？」

土師は青木を手招きし、耳元で叫んだ。

「特命係のスパイには教えなーい！」

右京と亘は特命係の小部屋で『日刊トップ』を読んでいた。特ダネ記事の末尾の「仁江浜光雄＋本紙取材班」という署名に目を落とし、亘が言った。

「わずか数日でここまで調べるとは、やり手ですね、あの人は」

右京は疑問を呈した。

「しかし、被害者がＳＮＳに書き込みをしていたことまで、どうやってつかんだのでしょうねえ」

「うちの身内にネタ元がいるんでしょう。上はカンカンみたいです。ネット世論は鎌田叩きで盛大に炎上しています。因果応報とか、殺されて当然とか。この記事が仁江浜の言う、大衆の感情に直接訴えかけてくることばなんですかね」

右京は黙して語らなかった。

右京と亘は、瀬川利光の元妻、川北静香に会いにいった。静香はパチンコ店で働いていた。右京たちに求められ、静香は店の外で、瀬川について語りはじめた。

「瀬川と別れてもう十年です。どこでどうしてるかなんて……」

「事件が起きたとき、ご結婚されてたんですか？」

亘の質問で、静香の顔が少しだけ緩んだ。

「新婚ホヤホヤでした。毎日が楽しくて仕方なかった頃です。あの事件で、めちゃくちゃになりましたけど。なんとか命は取り留めましたけど、怪我が……。特に右足は二度手術しても元に戻らなくて。明るい人だったのが嘘のように塞ぎ込むようになって」

「仕事は？」

「辞めました。ずーっと家に引きこもって……。あの人が悪いわけでもなんでもないし、あたしもなんとか支えになろうと頑張ったんですけど。なにより瀬川を苦しめたのは、犯人の情報がさっぱりわからないことでした」

「当時はいまと違って、たとえ被害者でも少年審判は傍聴できなかった。家庭裁判所でなにがおこなわれてるかは闇の中」

元法務省官僚の亘はその辺の事情に明るかった。

「ええ。向こうの母親は弁護士任せで謝罪にも来なかったし、世の中からも見捨てられたように感じていたんです。しばらく経った頃、あたし、犯罪被害者を支援する団体があるのを知って、瀬川に勧めてみました。あの人、やっと重い腰を上げて、通うことになりました。自分と同じ境遇の人と出会って、しばらくは心の平穏を保つようになったんです。でも、結局一年も続かなかった」

「なにかあったんですか？」

「あの人、いつか犯人に復讐するっていう考えから、どうしても逃れられなかったんです。それでだんだん周りから浮いてしまったみたいで……。あたしも耐えられなくなって、もう別れるしか……」

静香は首を振って、うなだれた。

その夜、瀬川利光はコンビニのレジ袋を提げて、右足を引きずりながら、線路脇に停められたワゴン車に近づいていった。黒っぽいスウェット生地のパーカーを着た瀬川は、ワゴン車のドアを開けると、助手席に乗り込んだ。

運転席に座っていた女性が『日刊トップ』を差し出した。

「読んだ？」

「ああ」

女性の名は山根朱美（やまねあけみ）といい、瀬川と同じような服装だった。

「ネットじゃ大騒ぎ。鎌田は殺されて当然の男だって」

瀬川が陰鬱な表情でぽつんと言った。

「もうどうでもいい」

「……大丈夫？」朱美が心配そうに見つめた。

「心配するな。最後までやり切る」

「予定どおり三日後に」

瀬川がうなずいた。

「今度はあんたの番だな」

「ええ。長かった。やっと願いが叶う」

朱美は背もたれにぐったりと身を預けた。そのときワゴン車のすぐ横を電車が通過していった。轟音が瀬川と朱美の鼓膜を揺らした。

五十嵐美幸は同棲相手の長谷部雄大からＤＶを受けていた。

その夜も美幸は悲鳴をあげていた。美幸がコンビニで買ってきたスナック菓子が自分の好みのものでないという理由で、長谷部はお仕置きと称してタバコの火を美幸の腕に押しつけたのだ。

まさかそのＤＶのようすが、アパートの窓越しに望遠レンズで狙われていようとは、長谷部には知る由もなかった。

三

「おっ、来た来た！」

翌日、パソコンでモニタリングしていた土師太は、とあるコンビニに瀬川が現れたのを発見した。そして、すぐさまスマホで伊丹に連絡した。

「土師です。いま、瀬川がコンビニのＡＴＭで金を下ろしています」

「わかった。すぐに向かう。おい、出雲！」

捜査車両の助手席で電話を受けていた伊丹が、運転席の麗音をうながす。

「了解！」

嬉しそうにエンジンをかける麗音を、後部座席の芹沢が冷やかす。

「なに、生き生きしちゃってんだよ」

「そうですか？　現場までおよそ十分です」

「ほう」伊丹が目を瞠った。「さすが白バイ上がり」

「十分で着くか？」

芹沢は半信半疑だったが、麗音は思い切りアクセルを踏み込んだ。

「飛ばしますよ」

芹沢が絶叫するなか、車は九分三十秒で目的地のコンビニに到着した。麗音が車を降りて聞き込みに行き、数分で戻ってきた。

「瀬川らしき人物がさっき、食料とか買っていったそうです」

「わかった。よし、この辺を流せ」

伊丹の命を受け、麗音が車をゆっくり走らせた。やがて、狭い路地のかなり先に、コンビニの袋を提げ右足を引きずって歩く男の後ろ姿を芹沢が見つけた。

「あっ！　いたいた！」

車の通れる幅のない狭い路地だったので、伊丹と芹沢が降りて、瀬川を追いかけはじめた。麗音は先回りをして、瀬川の進路を塞ごうと車を発進した。

伊丹と芹沢は路地を抜けて、線路脇の道路に出たところで、瀬川の姿をとらえた。瀬川の前方にはワゴン車が停まっていたが、ふたりの目にはその車は映っていなかった。

「待て、瀬川！」

芹沢の声で追手に気づいた瀬川は、コンビニの袋を投げ捨てて一目散に逃げだした。ワゴン車を通り過ぎ、線路に架かった跨線橋（こせんきょう）を必死にのぼる。しかし、右足が不自由な瀬川は、跨線橋の上で刑事たちに追いつかれた。

「瀬川利光だな？　話を聞かせてもらいたい」

ゆっくりと間合を詰める伊丹に、瀬川が言った。

「殺されるべき奴はまだいるぞ」

「ああ?」

「まだ終わりじゃない!」

「どういう意味だ?」

瀬川は答えず、柵に手をかけると、思わぬ身軽さで乗り越えた。

「虚しいな……。すべて虚しい」

慌てて駆け寄る伊丹と芹沢の目の前で、瀬川はそう言い残し、線路へ飛び降りた。そこへちょうど電車が走ってきた。

ようやく線路脇の道に出た麗音は、瀬川が跨線橋から飛び降り、電車に轢(ひ)かれる瞬間を目撃した。その光景の衝撃が大きすぎたため、朱美の運転するワゴン車がすぐ近くから発進したことには気づかなかった。


その日の夕方、内村は伊丹と芹沢を刑事部長室に呼びつけた。

「鉄パイプ殺人の現場でもふたりが目撃されている。いま、我々が最優先すべきは面子(メンツ)ではなくて、早く共犯者を見つけて、次の犯行を阻止することだ」

これまで怒鳴り散らすばかりだった内村が、至極まっとうなことを言ったので、横にいた中園は一瞬、目を丸くした。

「おっしゃるとおりです。部長……」

芹沢が直立不動で決意を述べた。

「必ずや共犯者を挙げます」

内村が伊丹と芹沢に釘を刺す。

「早合点するな。被疑者を目の前で死なせたお前たちの罪は重い。本来ならばここで潔く腹を切れと言いたいところだが……。とはいえ処分は厳正に検討しなければならん」


麗音は特命係の小部屋で先輩たちの処分について話していた。

「自宅謹慎?」

訊き返す亘に、麗音が「ええ」とうなずく。

「じゃあ、君はしばらくあのふたりから解放されるわけ?　不幸中の幸い」

「でも、ふたりともひどく落ち込んでて、なんだか気の毒で。あの嫌みがないとちょっと寂しい気も……」

「癖になっちゃった?」

「えっ、そうなんですかね……」

亘が右京に水を向けた。

「それにしても、後味の悪い終わり方になりましたね」

「ええ」

「そのことなんですけど、瀬川が飛び降りる間際におかしなこと、言ったらしいんです。『殺されるべき奴はまだいるぞ』とか、『まだ終わりじゃない！』とか」

「どういうこと？」

「わたしもふたりから聞いた話なんで……」

右京が見解を述べた。

「まだ事件は続く、ということでしょうねえ……」


その夜、右京と亘は家庭料理〈こてまり〉で静かに酒を飲んでいた。

「おふたりとも、今日はずいぶん静かですねえ」

小手鞠のひと言で、右京が顔を上げた。

「これは失礼。ちょっと考えごとをしていました」

そのとき、引き戸が開いて、新たな客が入ってきた。

「あっ、いらっしゃい」

入ってきたのは仁江浜だった。

「ここに来れば、お会いできるんじゃないかと思いまして。美人の女将の顔も改めて拝んでみたかったし」

「お上手ね」小手鞠が笑う。

「おふたりがこのお店にいらっしゃるのも、やっぱり女将目当てですか?」

答えようとしないふたりの先客に代わって、小手鞠が言った。

「ここにいらっしゃるお客さまは、みんなわたし目当てですよ」

「そりゃそうだ。聞くだけ野暮でした。ああ、ビールください」

仁江浜がカウンターに腰を落ち着けたところで、亘が話しかけた。

「あの記事、お見事でしたね」

「鎌田の中学時代の同級生と会うことができましてね。ついてました。おかげさまで評判らしくて、また書けることに」

「それはそれは」

「どうぞ」

女将が瓶を傾け、仁江浜のグラスにビールを注いだ。仁江浜がグラスを掲げると、亘が応じてワイングラスを持ち上げた。

「被害者がSNSに書き込みをしていたという情報、どこでつかんだんです?」

「蛇の道は蛇です」

「警察内部にネタ元が?」亘が探りを入れた。

「我々の商売にも言えないことが」

「お互いさまですね」

「それにしても、ひどい書き込みでしたね。あの鎌田って男、腹の底では中学生の頃と変わらない。やっぱりろくでなしはろくでなしのまま。矯正教育なんてしょせん、絵に描いた餅なんですよ」

「僕はそうは思いませんがねえ……」

右京がそう言って、猪口を口に運んだ。

「杉下さんは信念の人ですね。ご自分が信じる正義は決して揺るがない。犯人の目星はもうついてるんですか？　僕は地元の悪ガキの仕業だと踏んでたんですが、どうやらその見立ては間違っていたようだ……。瀬川利光」

仁江浜は死んだ男の名を口にし、右京と亘の反応を確かめた。

「やはりそうお考えなんですね。鎌田に人生をめちゃくちゃにされた男が復讐を遂げた。そういうストーリーだと。また売れる記事が書けそうです」

そのとき、仁江浜のスマホにメールが着信した。仁江浜はそれを確認して、小手鞠に言った。

「参ったな、急ぎの仕事で。残念です……。お勘定お願いします」

「あっ、はい」

仁江浜は椅子から立ち上がった。

「そうだ。杉下さんにどうしても訊いてみたかったんですが。事件の話じゃありませんよ」

「なんでしょう?」

「いままで間違った判断をされたことはあるんですか?」

「はい?」

「仕事上のミスは絶対に犯さない。完全無欠というのがもっぱらの評判なんですが」

右京は苦笑した。

「そんな人間など、いるはずありませんよ。誰しも間違いを犯すことはあります」

「へえ、杉下さんでも。どんな間違いを犯したのか、聞いてみたいところですが、また改めて」

「今度は、お時間のあるときにゆっくりと」

小手鞠に送られ、仁江浜は「ええ、ぜひ」と言って、店から出ていった。

引き戸が閉められたのを確認して、亘が右京に言った。

「なかなか手強い人ですね」

二日後、『日刊トップ』の一面には「鉄パイプ殺人の犯人はかつての被害者?」「捜査員の追跡中に投身自殺」「沈黙する警視庁幹部」といった見出しが躍った。

『日刊トップ』編集長の岡元文彦はその見出しを指で叩いて、にやりと笑った。

「いいねえ、仁江浜」そして立ち上がり、フロアの記者たちに発破をかけた。「おい！　これぐらいガツンとしたネタ、持ってこいよ！　フリーの記者に負けるんじゃねえぞ、おい！」


『日刊トップ』の記事を受け、中園は記者会見の場で、針の筵に座らされていた。

「参事官、重ねておうかがいします。この記事は事実なんですか？」

詰問口調の女性記者に、中園はハンカチで額の汗を拭いながら応じた。

「捜査中の事案については申し上げられません」

「先日、瀬川利光という自殺者の発表をされた際には、鉄パイプ殺人との関連について、ひと言も言及されませんでしたよね？　もしあの記事が事実だとすれば、失態を隠蔽しようとしたということになりますが」

別の記者の追及に、中園はたじたじとなりながら答えた。

「隠蔽などということは断じてありません。繰り返しますが、捜査中につき、現段階では申し上げられません」

「それじゃ、済まされませんよ！」

「失態があったんでしょ？　認めてくださいよ！」

記者たちが一斉に責め立てはじめたところで、広報課長の社美彌子が司会者に耳打ちした。

「お時間となりました。以上で会見を終わります。本日は誠にありがとうございました」

司会者の挨拶を受け、中園が立ち上がると、会場が騒然とした。

「ちょっと待ってください。まだ話、終わってないんですよ！」

記者たちが声をあげたが、会見は一方的にうち切られた。

「以上ですので！　会見は以上です！」

中園は刑事部長室のソファに腰を沈めてぼやいた。

「伊丹と芹沢のチョンボのせいで……。恥かかせやがって」

中園の前には美彌子が座っていた。

「記者クラブのほうはこちらでなんとか抑え込みます」

中園の隣に腰かけていた内村が、美彌子に頭を下げた。

「今回は君に頼るしかない。恩に着るよ」

「ただ『日刊トップ』は、記者クラブに属していません。うちとしてはなんとも……」

「こんな三流紙、ひねり潰してやりましょうよ」

鼻息を荒くする中園を、内村が心配そうに見つめた。

「どうひねり潰すんだよ。お前にそんな力があるのか？」

「あっ、いや、それは……」

美彌子が腰を浮かせた。

「しかし隠蔽が事実だとすれば、おふたりにも、どこかでけじめをつけていただくことになるかもしれませんねえ」

「なんだと！」中園の声が大きくなる。

「警視庁も多少は風通しをよくしないと。加齢臭が充満していますからねえ。あっ、失礼。いまのは独り言です」

聞こえよがしに言って、美彌子は部屋から出ていった。中園が毒づく。

「あのアマ！」

「心配するな。お前に任せた俺も悪い。いざというときは俺も潔く腹を切るよ。お前ひとりではいかせない」

半グレの若者に金属バットで殴られ、生死の境をさまよってからというもの、内村はすっかり毒気が抜けていた。正義感に目覚め、正論を吐くようになっていた。

社美彌子はカフェに特命係のふたりを呼び出した。

椅子に座りながら亘が言った。

「部長相手に喧嘩売ったんですって？」

「滅相もない。独り言をつぶやいただけ」

「さすが、女性初の警視総監就任を目指してるだけある」

「はあ？」

「とぼけなくても。将来のために着々と布石を打ってらっしゃるように見えますが」

「バカバカしい」

脇道にそれた話題を、右京が元に戻す。

「で、どういったご用件でしょう？」

「自殺した瀬川が死に際に次の犯行を予告したそうね」

「出雲ですね？　女子会つながり」

亘が茶々を入れたが、美彌子は無視した。

「どうなんですか？」

右京が答える。

「たしかに、そのようなことを言い残したとは聞いていますが、死んだ人間に確認を取ることはできませんからねえ。ちなみにこれも、先手先手の情報収集ということですか?」

「野心実現のために?」

執拗にこだわる亘を見下ろすように、美彌子が立ち上がる。

「警察組織のためです。なにかわかったら必ずご一報を。ちなみにわたしの野心は、警視総監なんてちっぽけなもんじゃありませんよ。いまのも独り言です」

さっそうと去っていく広報課長の背中を見やって、亘が右京に訊いた。

「警視総監の上って?」

「さあ。総理大臣ですかねえ」


その夜、山根朱美は長谷部雄大のアパートの近くにワゴン車を停めて、外のようすをうかがっていた。しばらくすると、五十嵐美幸が買い物袋を提げて、帰ってきた。

「ただいま。お待たせ」

美幸から買い物袋を引ったくった長谷部が、スナック菓子を取り上げて怒鳴りつけた。

「いや、これじゃないって言ってんじゃん」

「ごめんなさい。売り切れだったから……」

「だったら、別のとこで買ってくりゃいいだろうが!　ええ?」

長谷部は菓子を壁に投げつけた。

「ごめんなさい……」

「マジ気分悪い……」

長谷部が美幸のバッグを勝手に開けて、財布を取り出した。

「ちょっとやめて！　お願い！」

「うっせえんだよ！」

長谷部は美幸を蹴飛ばして、部屋から出ていった。

朱美がワゴン車の中から見ていると、長谷部が不機嫌そうな顔で出てきた。そして、自転車にまたがって漕（こ）ぎだした。朱美はワゴン車のエンジンをかけ、自転車の追跡をはじめた。

翌朝、郊外の公園で、長谷部の遺体が見つかった、首にはくっきりとロープの痕（あと）が残っており、絞殺であることは一目瞭然だった。

現場に臨場した麗音はスマホで長谷部の遺体を撮影した。

「はあ、面倒くさい……」

独り言をつぶやきながら写真をメールで送信したところへ、右京と亘がやってきた。

「なにやってるの？」

軽い調子で問う亘に、麗音はうんざりした表情で答えた。

「上の指示で」

そのとき、麗音のスマホの着信音が鳴った。ディスプレイに「伊丹憲一」と出ているのを確認して、スピーカーモードで電話に出る。

「はい」

――よし、現場の状況はわかった。被害者が所持していた女物の財布に免許証が入ってたんだな？

「はい」

――まずその女のとこに行って、事情を聴いてこい。

「わかりました」

電話を切った麗音に、亘が訊いた。

「どういうこと？」

「その先に車停めて隠れてるんです」

右京が笑った。

「リモート捜査というわけですか」

「謹慎中なのに？」

亘の問いかけに、麗音が呆れ顔で答えた。

「デカのプライドだそうです」

「さすが伊丹さん、昭和の香り漂うセリフ」

「わたし、あのふたりがいなくなって寂しいって言いましたよね。撤回します！」


車の中では、つば広の帽子に迷彩柄のパーカー、それにサングラスで変装した伊丹が、ムートンのダッシュボードカバーやぬいぐるみを見て、顔をしかめていた。

「これなんだよ？　お前」

芹沢は照れ臭そうに笑った。

「いや、彼女がね、好きなんですよ、こういうの。ほら、このムートンとか懐かしくないですか？」

「うわっ、昭和レトロ」

「それを言うなら先輩だって。なんすか？　そのサングラス。昭和のデカっすか？　それにこれ……」

パーカーに手を伸ばす芹沢に、伊丹が抗弁した。

「触んなよ！　これは他の捜査員の目をごまかすための、変装だろうがよ！」

ふたりがなおも言い争いをしていると左右の後部ドアが開き、右京と亘が車に乗り込んできた。

「仲がよろしいようで。いいんですか、自宅謹慎中に」

亘のことばに答えたのは右京だった。

「仕事熱心なのは責められませんよ」

伊丹が咳払いをした。

「なんの用ですか？」

右京が本題を切り出した。

「『殺されるべき奴はまだいるぞ。まだ終わりじゃない』。瀬川はそう言ったそうですね？」

伊丹が舌打ちした。

「出雲の野郎……」

「次の犯行予告のようにも聞こえますねえ」

「身動き取れないんですから、たまには我々と手を組んでみては？」

伊丹はしばし考えて、亘の提案を受け入れた。

「たしかにそう言いました。最期のことばは『虚しいな……。すべて虚しい』でした」

「すべて虚しい……」右京が復唱した。

「殺しがあったと聞いて、いてもたってもいられず来てみたんですが……これが瀬川の予告した犯行なのかもしれません」

「予告した犯行とは、どういうことでしょう？」

右京のこの質問には、芹沢が答えた。

「さっき、被害者のマエを照会したんですが、長谷部雄大は十六歳のときにアパートに窃盗に入り、帰宅した住人と鉢合わせして、絞殺しています。十一年前のことです」

「絞殺？」亘が引っかかりを覚えた。

遺体を見ている右京に、伊丹が訊いた。

「長谷部も首を絞められて殺されてるんですよね？」

「ええ」

「鎌田弘明は十三年前、瀬川を鉄パイプで襲い、十三年後に鉄パイプで滅多打ちにされて殺された。今度は……」

思案しながらつぶやく亘に、伊丹がうなずいた。

「このヤマも、昔の事件の関係者による復讐」

右京と亘は、十一年前の長谷部の事件を担当した中西（なかにし）という刑事を神奈川県警西川崎警察署に訪ねた。

中西は当時の捜査ファイルを引っ張り出してきて、事件を回顧した。

「被害者の大槻亭は両親と早くに死に別れ、身寄りと言えるような人間はいませんでした。ただ、結婚を間近に控えた恋人がいましてね」

「恋人ですか」亘が合いの手を入れた。

「ええ。その女性のことはよく覚えていますよ。突然、婚約者を殺されたんですからね、ショックは計り知れなかったでしょう。しかも少年事件だったんで、犯人の情報が明かされないことも追い打ちをかけた」

「被害者の親族には知る権利が保障されても、恋人だと認められない」

亘のことばに、中西はうなずいた。

「ええ。すごい剣幕で怒鳴り込んできました」

「その女性の名前は？」

中西がファイルをめくる。

「えっと……。ああこれだ」

亘がそこに記された名前を読み上げた。

「山根朱美……」

「ええ。でも、あのヤマで一番忘れられないのは、犯人の長谷部の態度でした。殺しのような重大事件を犯しておいて、『未成年は罪にならないんすよね？　だって俺、少年Aなんだから』ってへらへら笑ってました。あいつは世の中、舐め切ってましたよ。強盗殺人でとうにシャバに出てきてたってことは、やはり未成年ということが考慮されたんでしょう」

その頃、山根朱美は大槻亭の墓の前に立っていた。朱美の両手には、不意を衝いて長谷部の首を絞め上げたときのロープの感触が、いまもはっきり残っていた。

「亨くん、これでよかったんだよね？　よくやったって褒めてよ、お願いだから……」

朱美は墓の前でいつまでもすすり泣いていた。

右京と亘が特命係の小部屋に戻ると、麗音が待ち構えていた。

「お疲れさまです。女物の財布の持ち主は、被害者の同棲相手でした」

「同棲相手の財布をなんで？」

亘が疑問を呈した。

「DVを受けていたみたいで」

「DV？」

「わたしが話を聴いたんだから、わたしが直接説明したほうが早いんですけど、あのふたりの命令で……」

麗音はため息をつきながらスマホを操作し、テレビ電話で伊丹を呼び出した。しばらくして、画面に伊丹と芹沢の顔が映った。

——繋がった、繋がった。出雲、警部殿は？

麗音がスマホを右京と亘に向ける。

——これは警部殿。女物の財布の持ち主は長谷部の同棲相手でした。

「いや、その話はもう……」

亘が遮ろうとすると、麗音が首を横に振って制した。亘が事情を察した。

「いや、なんでもありません。どうぞ続けてください」

——長谷部はその女にひどい暴力を振るっていたようです。元々売れないホストで、女は客でした。

芹沢が割り込んだ。

——要するにヒモです。昔、人を殺したことがあるって女に自慢したそうです。

——それで、そちらの成果を報告していただけますか？

伊丹が要求したとき、青木が駆け込んできた。

「杉下さん！　長谷部が拉致(らち)された瞬間を防犯カメラがとらえていました。でもちょっとおかしいんですよ」

亘がすばやく反応した。

「おかしいってなにが？」

――おい、いまの青木かよ？

青木が麗音のスマホをのぞき込む。

「えっ？　ああ、どうも。こちらへ」

青木は、右京を小部屋の外へ連れ出した。

――おい！　防犯カメラがどうした？

――出雲、青木にカメラを向けろ。

リモートで次々に指示を寄こす伊丹と芹沢に、麗音の堪忍袋の緒が切れた。

「ああ、もう、ややこしい！」と吐き捨てるように言うと、通話を強制終了した。

青木はサイバーセキュリティ対策本部へ右京、亘、麗音を連れていき、自分のパソコンで、防犯カメラの映像を見せた。十二月二十二日の午後十一時過ぎであたりは暗い。

まず、画面に自転車に乗った男が現れた。

「これが被害者、長谷部です」

そこへフードを被った女が現れ、長谷部と会話を交わした。

「女ですね」と亘。「山根朱美ですかね？」

と、長谷部の背後からフードを被った男が近づいてきて、その後頭部をスパナのようなものでいきなり殴りつけた。

「この男が共犯です。おかしいのはここからです」

青木が画面を送った。男は防犯カメラを見上げると、被っていたフードを脱いだ。

「なんで、わざわざ自分の顔晒すのか」

亘はその男の正体を知っていた。

「右京さん、これって……」

右京ももちろん知っていた。

「ええ、仁江浜さんです」

「ご存じなんですか？」麗音が目を丸くした。

「青木くん、ブローアップしてください」

右京の求めに応じて、青木が仁江浜の顔を拡大した。仁江浜の口の動きを、亘が読む。

「す、ぎ、し、た、さ、ん、ま、た、あ、い、ま……杉下さん、また会いましょう」

特命係の小部屋に戻った亘は、まだ信じられない思いだった。

「まさか、事件関係者だったとは。事件はまだ続くと言いたいんですかね、仁江浜光雄は」

「僕としたことが！」

なにか閃いたようすの右京が突然ホワイトボードにカタカナで「ニエハマミツオ」と

書いた。

「仁江浜という珍しい名字は、単純なアナグラム、つまりことばの入れ替えによってできたものなんですよ」

右京は続いて、「オマエニツミハ」と書いた。

「お前に罪は？」亘が首を傾げた。「どういう意味です？」

「わかりません」

「お前というのは？」

「僕のことかもしれませんねえ」

「右京さんの罪って……」

「行きましょう」

右京は表情を硬くして、部屋を出ていった。亘はそのあとを追うしかなかった。

四

右京が向かったのは、『日刊トップ』の編集部だった。亘の質問に、編集長の岡元は頭を掻きながら答えた。

「実は昨日から仁江浜と連絡が取れなくなって、こっちも困ってたんですよ」

「電話が通じないってことですか？」

「番号自体が解約されてるんですよ」

「解約……」

　右京が別の角度から質問をぶつけた。

「仁江浜さんとは以前からお付き合いが？」

「いやいや、今回が初めて。最初の頃は警戒してたんだけどもね、持ってきた原稿が面白くてね」

「おかげで新聞も売れた」

　亘のことばに、岡元が卑屈に笑った。

「まあね。あの人、なんか事件に巻き込まれてるんですか？」

「それはまだなんとも」右京はごまかした。

「第三弾、書いてもらうつもりだったんだけどなあ」

「ほう、第三弾を？」

「十一年前に起きた強盗殺人事件。これまた少年犯罪でね」

　編集部を去る亘には、仁江浜の目論見が見えていた。

「二件の殺人事件も、センセーショナルな記事で世論を煽ることも、すべて最初から計画されていたんですね」

「ええ」右京が認めた。「しかし共犯だった瀬川が自殺したことで、計画に狂いが生じた。実行を早めようとしているのかもしれません」

「右京さんに近づいたのも？」

「最初からその計画に入っていたのでしょう」

「第三の殺人が起きるとすれば……」

「仁江浜を名乗る男の復讐、ということになりますね」

「いったいあの男、何者なんだ」

亘が歯噛みする。

「瀬川利光、山根朱美、仁江浜ことX。その三人は復讐という共通の目的で繋がった」

「いつ、どこで？」

このとき、右京の脳裏に、瀬川利光の元妻、川北静香の声が蘇った。

――犯罪被害者を支援する団体があるのを知って、瀬川に勧めてみました。


その夜、柚木竜一はとあるバーで女たちを侍(はべ)らせながら機嫌よく飲んでいた。そこへ電話がかかってきた。柚木はバーの外に出て裏手に移動し、電話に出た。

「だから、何人パクられようが構いやしねえって言ってんだろ！　五千万上げられなかったら、お前、本当に沈めるからな、コラ」

電話を切った柚木の前に、フードを被った女が立ち塞がった。

「ああ、誰だ、お前？」

次の瞬間、今度はフードを被った男が突然背後から現れ、振り返った柚木にボディブローを食らわせた。柚月は呻き声をあげ、その場に倒れ込んだ。


翌日、右京と亘は犯罪被害者支援組織〈じにあ〉を訪れた。ちょうど被害者たちが集まって交流していた。

代表の白波瀬はふたりにお茶を出しながら、亘の質問に答えた。

「瀬川さんか。よく覚えてます。ちょっと難しい人でね」

「一年ほどでお辞めになったそうですね」

「ええ。ここに来る人たちはみんな、加害者に対する憎しみを抱いています。大切なものを理不尽に奪われたんですから、当然です。なかには復讐を口にする人もいますが、それ自体、悪いことではない。人前であえてことばにすることで、怒りをコントロールできるようになりますからね」

「でも、瀬川さんは違った」

亘が水を向ける。

「彼は本気で復讐を考えていました。みんなの前で、具体的な計画の数々を披露しはじめて、同調する人や反対に気分を害する人が出るようになって、この会の趣旨からどんどん外れていったんです。困りましてね、やんわり注意したら退会されて」

「同じ時期に山根朱美という人、いませんでした？」

　白波瀬が顔を曇らせた。

「まさに瀬川さんの主張に引きずられた人です。最初はおとなしい人でしたが、だんだん過激なことを口にするようになって、後を追うようにお辞めになりました」

「他にもそのような方は？」

　右京が質問すると、白波瀬はしばし視線を宙に向け、過去の記憶を手繰り寄せた。

「ああ、いました。大沼浩司さんという方です」

「大沼……」

　右京の脳の片隅になにかが引っかかった。

「中学生の息子さんを亡くされてましてね。同級生たちにひどいことをされたようで。〈東都新聞〉に勤めてらっしゃる方でした。記者だったこともあるとかで」

「新聞記者？」亘がそのことばに反応した。

　右京の脳裏に苦い思い出が蘇った。

「二〇〇八年の年末の事件ですね？」

「そうだったと思います」白波瀬がうなずく。

「息子さんの名前は大沼直樹くん」

「さあ、そこまでは覚えてませんが」

亘はそのとき、右京の頬がこわばっていることに気づいた。

「右京さん、どうかしたんですか？」

「僕はかつて大沼さんに会っています。亡くなった直樹くんにも」

「えっ？」


警視庁付近の公園に場を移し、亘と麗音、それに私服姿の伊丹と芹沢の前で、右京が過去を振り返った。

「あの日、僕は強盗殺人事件の現場に向かっていました」

伊丹もその事件を覚えていた。

「たしか、江南区で起きたヤマでしたね」

「ええ」

右京はそのとき、不良少年らしき四人が、まじめそうなひとりの中学生を囲むようにして、廃工場に入っていくのを目撃したのだった。

「あのとき、嫌な予感がしたのですが、僕は現場に向かう判断をしました。しかし、どうしても気になって、帰りにその廃工場に立ち寄ったんです」

右京が廃工場に到着したとき、爆発音がして、中から三人の少年が走り出てきた。なかにまだ仲間がいると聞いて、黒煙の満ちた工場内に踏み入った右京は、「誰かいますか？　いたら声を出してくださーい！」と呼びかけた。

それに「助けてくれ！」と応えたのが柚木竜一だった。柚木は爆発の勢いで倒れてきた資材に足を挟まれて動けない状態だった。右京は柚木に駆け寄り、資材をどかしはじめた。

そのとき、「助けてください……」という弱々しい声が聞こえた。別の少年——大沼直樹——が資材の下敷きになっていた。右京はまず、柚木を助け、工場の外へ連れ出した。そして、直樹を助けるべく、工場に近寄ろうとしたその瞬間、前よりもはるかに大きな爆発が起き、右京は爆風で吹き飛ばされたのだった。

「僕はどちらかを助ける選択を迫られ、直樹くんを後に回しました。どうして彼らがあんな場所にいたのか、後になってわかりました」

柚木の不良仲間たちがこぞって証言したのだった。

——あんなことになると思わなかったんです！

——柚木くんが銃を持ってるなんて知らなかったし、本当に僕たち関係ないんです！

——そうですよ。柚木くんが急にブチギレて、銃をバンって撃ったら、ドカンって爆発して……。

「直樹くんは、彼らによるクラスメイトへのいじめを見かねて、注意したんだそうです。

リーダー格だった柚木竜一はそのことに腹を立て、直樹くんをリンチすることにした。暴力団幹部の息子である柚木は、直樹くんを脅すために、自宅にあった父親の拳銃を持ち出し、発射した弾がガス管を直撃して、あんなことに……。工場に入っていく彼らに声をかけていれば、直樹くんが死ぬことはなかった。僕は判断を誤りました」

苦渋の色を浮かべる右京に、亘が問いかけた。

「お前に罪は……。右京さんの罪とはそのことですか？」

「おそらく。大沼さんにしてみれば、僕は直樹くんを見殺しにして、彼の言うところのろくでなしを救ったことになります」

「大沼は柚木竜一に復讐を？」

重たい空気を振り払うように伊丹が訊くと、右京は無言でうなずいた。

「ともかく柚木を保護しないと」

芹沢のことばを受けて、麗音が駆け出した。

「本部に報告して居所を捜します」

「わかったら俺に報告しろ」

伊丹が麗音に命じる。

「はい」

「冠城、なにかあったらすぐに」

伊丹はそう言い残し、芹沢とともに麗音とは別方向に走っていった。そのとき、亘のスマホが振動した。

「もしもし」

――ああ、『日刊トップ』の岡元です。さっき、仁江浜からメールが来たんだが、ちょっと奇妙な文面でね。読み上げますよ。「少年時代に罪を犯した男がもうひとり、今夜殺されます。犯人は誰か？　楽しみにしていて下さい。仁江浜光雄」

電話を切った亘が、岡元のことばを繰り返した。

「もうひとり、今夜殺される」

小手鞠が〈こてまり〉の店内でしこみをしていると、戸が開いて、発泡スチロールの箱を抱えた達郎が入ってきた。

「まいど！」

「ご苦労さま」

達郎が箱の蓋を開けた。

「今日、めっちゃいいの入ったよ。カレイとカンパチと、あとワカサギ、サービスしといたから」

「わあ、すごい！」小手鞠は手を叩いて喜んだ。

「カンパチ、めっちゃいいよ。絶対、刺身だから」

「了解!」小手鞠が棚から包みを取り上げた。「これさ、一日早いけど、お誕生日プレゼント」

「えっ、マジっすか?」

「うん。開けて」

達郎はすぐさま包装紙を外し、箱を開けた。

「ネクタイ!?」

「そう。あんたもさ、たまにはこういうのを締めて、しゃんとしなきゃと思ってね。この間会ったでしょ、杉下さん。あの人に見立ててもらったの」

「えっ、そういうことか」

「そうよ!　変な勘違いするんだから」

「あざっす!」達郎はひょいと頭を下げ、「あの、実はこっぱずかしい話なんですけど……」

「なに?　あっ、告白?」

「明日、結婚するんですよ!」

「えっ?」

「届を出すだけだけど。でも誕生日と一緒だと、忘れなくていいから」

「やだ！」小手鞠が達郎を小突いた。「そっちのほうが、お祝いしなきゃいけないじゃない！」

「すいません。ネクタイ、ありがとうございます！」

再び達郎が頭をひょいと下げ、店を出た。小手鞠も一緒に表に出た。

「あんたみたいなのと一緒になってくれるんだからさ、奥さんのこと、絶対に幸せにしなさいよ！」

「うっす。あの、実は……」

「なあに？　まだなんかあるの？」

「もうすぐガキも生まれるんすよ」

「ええ⁉」

「ガキがガキ作るなんて、すんません！」

「あんたがお父さんにねえ。おめでとう。じゃあ、今度あれだ、結婚祝いと出産祝い、まとめてバーッとお祝いしよう！」

「ありがとうございます！　それじゃあ」

「気をつけるのよ！」

スクーターで走り去る達郎に、小手鞠が満面の笑みで手を振っていると、背後から声をかけられた。

「女将さん」

振り返ると、仁江浜が暗い目をして立っていた。

右京と亘は特命係の小部屋で、岡元から聞いた仁江浜のメールの文面を検討していた。

「今夜って宣言してるってことは、もう大沼は柚木を……」

「おそらく」

右京が答えたとき、麗音が部屋に駆け込んできた。

「失礼します。柚木ですが、自宅マンションの防犯カメラに出て行く姿が映っていました。ただ、帰宅したようすはありません」

「やはり、すでに拉致されてるか」

「柚木の携帯をサイバーで調べてるんですけど、どうやら何台も所持してるようで」

ふらっと部屋に入ってきた角田が、麗音の口にした名前を聞きつけた。

「お前ら、柚木竜一を捜してるのか？」

「ええ」亘がうなずく。

「いや、そいつこそ、この間から追ってる特殊詐欺グループの、リーダーと目されている男だ」

「えっ？」

「少年院で知り合った連中と組んでるらしいんだが、とにかく尻尾をつかませねえから、こっちもなかなか手出しできなくてよ」

「引き続き、柚木の携帯を調べます」

麗音が出ていくと、亘が提案した。

「右京さんの知恵袋に頼んでみますか」

「そうしましょう」

そのとき、右京のスマホの着信音が鳴った。ディスプレイに「小手鞠」と表示されているのを確認して、亘に言った。

「先に行っててもらえますか」

亘が部屋から出ていくと、右京は電話に出た。

「杉下です。小手鞠さん、どうかしましたか？」

――仁江浜です。いや、もう僕の本当の名前にお気づきですね。

「大沼直樹くんのお父さん、浩司さんですね。どうしてあなたが小手鞠さんの携帯を？」

――こうでもしないと、おひとりでは来ていただけないだろうと思いまして。

「無事なんですね？」

――女将さんには危害を加えたくはありません。

「わかりました。どちらにうかがえば？」

右京は指定された、廃墟のようなビルの屋上に単身で出向いた。

そこへ拳銃を手にした大沼が現れた。

「約束どおり、ひとりでお越しいただいたようですね」

「ええ」

「すみません。どうしてもあなたに付き合ってほしくて」

大沼は拳銃を手に、右京に近づいた。


サイバーセキュリティ対策本部で青木は柚木のスマホを次々と調べ、居場所の特定を急いでいた。

「あれ？　この番号、なんだか怪しげな場所にいるな」

青木のつぶやきに、麗音が反応した。

「柚木はここに？」

「だろうな」

麗音は「伊丹さんたちに連絡します」と亘に言い残し、部屋を飛び出していった。

亘はもう何度も右京のスマホに電話をかけていたが、不在着信のメッセージが応答するばかりだった。

った。

土師が舌打ちしながら、「いまやってるよ」とキーボードを叩く。すぐに右京のスマホの位置が地図上に表示された。それは青木が突き止めた柚木のスマホの位置と同じだった。

「スマホの電源が入っていれば。おい、土師」

「右京さんの居場所、わかるか？」

そう訊く青木に、亘が逆に訊いた。

「杉下さんは？　冠城亘」

「どこ行っちゃったんだよ、右京さん」

そのビルに車で乗りつけた亘は、右京の車が停まっているのを見つけた。そこへ芹沢の車がやってきた。

亘は自分のスマホの地図で、右京のスマホの位置を確認した。

「こっちです」

伊丹と芹沢を引き連れて、ビルの外階段をのぼる。三人は警戒しながら屋上に踏み込んだが、そこには人っ子ひとりいなかった。亘は、屋上の中央にスマホが二台、並べて置かれているのに気づいた。

「クソ」伊丹が毒づいた。「別の場所に連れて行かれたってことかよ」

「どこだ、いったい」

芹沢が地団駄を踏んでいると、なにかを思いついた亘が、突然走りはじめた。

「お、おい。冠城！」

伊丹が呼びかけても、亘は足を止めず、走りながら青木に電話した。

「青木、大至急、頼む」

亘は自分の車に戻り、エンジンをかけた。


両手を拘束された右京が連れてこられたのは、十二年前、爆発が起こった廃工場だった。

工場の中では、柚木と小手鞠がパイプ椅子に縛りつけられていた。柚木のほうは猿ぐつわも噛まされていた。朱美がふたりを見張るように立っていた。

「杉下さん……」

新しく連れてこられた人物に気づいた小手鞠に、右京が言った。

「あなたまで巻き込んでしまって申し訳ない。僕が来たんです。彼女の役目はもう終わったでしょう。解放してあげてください」

大沼は右京をパイプ椅子に座らせた。

「もうしばらく辛抱していただきます」

「どういうつもりですか？」

大沼が柚木に近づき、猿ぐつわを外した。

「覚えていますか？　この男。あなたが助けてやった元少年」

「柚木竜一……」

「ええ。いまや特殊詐欺グループを率いて、数億円を荒稼ぎしています。しかし、この男がずる賢いのか、警察がだらしないのか、いまだに捕まっていない。この男は十二年前、私の息子を殺しました。ここで、この場所で」

「俺は殺してねえよ！」

「お前が殺したようなもんだ……」

騒ぎ立てる柚木を殴りつけ、大沼は再び猿ぐつわをはめた。

「こいつは少年院に入って矯正教育とやらを受けたが、なんにも変わっちゃいない。更生することは一生ない！　社会に害を及ぼし続けるだけです。だから僕がこの手で……処刑します」

大沼が拳銃を突きつけると、柚木がうめいた。

「やめなさい！」

右京が叫ぶと、大沼はふっと笑った。

「すぐには殺しません」

右京は朱美に語りかけた。

「瀬川利光は最期に、『虚しいな……。すべて虚しい』、そう言い残して身を投げたそうです。山根朱美さん、あなたは長谷部を殺して満足しましたか？　たとえ復讐を遂げても、虚しさ以外はなにも残らない。そうじゃありませんか？」

顔を背けた朱美に代わって、大沼が言った。

「そんなことは三人とも最初から承知ですよ。僕たちもことが終われば死ぬつもりです。虚しさを抱えながらね。杉下さん、あなたがおっしゃることは、いつも正しい。僕も昔はそうでした。命はいかに大切か。罪を憎んで人を憎まず。人は必ず変わることができる。新聞記者時代、そんな記事をよく書いたものです。息子にも小さい頃からそう教え込みました……。直樹の話、聞いてもらえますか？」

大沼はパイプ椅子を持ってきて、右京と向き合うように座った。

「僕の妻は直樹を産んですぐに、予期せぬ出血が原因で亡くなりました。絶望から救ってくれたのは、直樹でした。僕は記者としてのキャリアを捨てて、事務職に移りました。直樹を育てることが生活の中心になったんです。毎日毎日、目が回るほどに忙しくて、時間はあっという間に過ぎていきました。母親はいませんでしたが、直樹は素直に育ってくれました……」

十二年前の夏、大沼は、息子が照れたような顔で、「父さん、僕さ、将来、新聞記者になりたいんだけど」と告白した日のことを鮮明に覚えていた。

「困ってる人とかさ、そういう人を助けるような記事、書きたいんだ。お父さんもいつか復帰してさ、親子で記者やるってよくない？」

大沼は嬉しさを噛み締めながら、愛用のカメラを直樹に譲ったのだった。


結局、そのカメラが直樹の遺品となった。爆発の衝撃でレンズが割れ、焼けただれたカメラを、大沼は廃工場にある古いテーブルの上に置いていた。それを手に取って撫でながら、大沼は昔話を続けた。

「……正義感が強くて、リーダーシップがあって、親バカと笑われるかもしれませんが、自慢の息子でした。でも、その性格が仇(あだ)になったのかもしれない……」


直樹が死んだ日の朝のことも、大沼は忘れることができなかった、その日、いつものように首からカメラを提げ、学校へ向かおうと玄関先に出た直樹の目には、心なしか影が差していた。

「お父さん……」

「どうした？」不安になった大沼が訊くと、直樹はこう言った。

「クラスでいじめやってるグループがいてさ、それ注意したら、そいつらに睨まれてさ……」

「おい、大丈夫か？　お父さんが先生に相談に行くか？」

「親の出る幕じゃないよ。大丈夫、負けないから。だって、こっちのほうが正しいんだもん」

　直樹を励ますつもりで、大沼は言った。

「そうか。直樹、お前が正しいと信じることを貫け」

「うん。じゃあ、行ってきます」

あのとき直樹が見せた不安を振り払うような笑顔が、大沼が最後に見た息子の顔になった。

「……なんであんな綺麗ごとを言ってしまったのか。あの日から、何度もそう考えました。何度も何度も……」

　柚木の仲間たちによると、柚木から殴られても、拳銃を向けられても、直樹は「俺は悪くない」と引かなかったそうだ。それで怒りを爆発させた柚木が、拳銃をぶっ放し、ガス管を撃ち抜いたのだった。

警察署で、大沼は刑事たちがささやき合っているのを耳にした。

「あれは誰だ？」

「本庁の杉下警部だよ。偶然現場に居合わせたらしい」

「あれがか……」

「しかし、なんでリンチの首謀者のほうを助けちゃうかね……」

「だいたい、中学生がチャカで脅すってどういうことだよ。助けるほう間違えたな」

大沼が顔を上げると、眼鏡をかけた刑事が署から出ていくところだった。そのとき、大沼は杉下右京という男の顔と、その男のやったことを知ったのだった。


大沼が椅子から立ち上がり、右京の前に立った。

「どうして直樹じゃなくて、こんな奴を助けたんですか？」

「直樹くんを助けられなかったことは、悔やんでも悔やみきれません。しかし、あの時点で、救える命から救うという判断は、間違っていなかったと思っています」

「やっぱり杉下右京だ。あなたは完全無欠、いつも正しい。僕があなたを恨むことはお門違いだってことは、重々承知しています。でもね……頭じゃわかっていても、ここが言うことを聞かないんですよ、ここが」大沼が自分の胸を叩く。「直樹を見捨てて、こんな奴を助けたあんたのことも許さないって言うんですよ！　ここが！　ここが！　ここが！」

　大沼は息を整え、パイプ椅子にどすんと座った。

「そろそろ本題に入りましょう。わざわざ杉下さんに来てもらったのは、もう一度選んでもらうためです。どちらを助けるのか。どちらもって答えはなしですよ。その場合、ふたりとも死ぬことになる」

　予期せぬ行動をとる大沼に、朱美が駆け寄った。

「大沼さん……」

「当初の計画では、女将さんはもちろん、杉下さんを巻き込むつもりもなかった。でも話してるうちに気が変わったんです。あなたにも責任を取ってもらいたくなった。当然、女将さんを救うとおっしゃるでしょう。それでいい。そうすればすぐにおふたりを解放します。さあ、答えてください。どちらを助けますか？」

　右京が口を閉ざしていると、大沼は拳銃を構えて、柚木と小手鞠のほうへ近づいていった。

「答えないという選択肢もありません。簡単なことじゃないですか。女将さんを助けて、この男を見殺しにすればいいだけです」

「助けてくれ！　なんでも言うこと聞く。俺を……俺を助けてくれ！」

　柚木が猿ぐつわを噛ませられたまま、くぐもった声で往生際悪く訴えた。大沼は壁をめがけて拳銃を発砲した。響き渡る銃声に、小手鞠は身体を震わせた。

「僕は本気ですよ。答えてください」

「大沼さん！　話が違うよ。やめて！」

朱美が止めに入ったが、大沼はその手を振り払い、拳銃を右京に向けた。

「答えろ！　こいつを見殺しにすると言え！」

「撃ちなさい。撃つのなら僕を撃ちなさい！」

大沼が一歩、二歩と右京に近づき、引き金にかけた人差し指に力をこめた。

そのとき、亘が駆け込んできて、大沼の足を払った。大沼が引き金を引く。銃口は大きく逸れ、発射された弾は柚木の右腕を射貫いた。

亘が大沼を取り押さえたとき、伊丹と芹沢が入ってきた。

「警部、大丈夫ですか？」

駆け寄る伊丹に、右京は言った。

「僕より柚木と小手鞠さんを」

しばらくして、大勢の捜査員がやってきた。柚木は救急隊に担架で運ばれ、朱美は麗音がパトカーに乗せた。伊丹と芹沢にはさまれて連行されていく大沼に、小手鞠が声をかけた。

「大沼さん！」

大沼が虚(うつ)ろな目で振り返った。

「昼間の魚屋さんね、昔少年院に入っていたんです。相当なワルだったみたい。でも今じゃ立派に更生して、今度家庭を築きます。そういう人も大勢いるってことだけは、どうしても、どうしても、言っておきたくて」

「僕にはこうするしかなかった。許してください」

連れていかれる大沼を見送りながら、小手鞠が右京に言った。

「わたしね、答えない杉下さんを見て、改めて強い人だなって思いました」

「僕は強い人間などではありませんよ」

「すぐにわたしを助けようとしてたら、杉下右京に幻滅したかも」

そこへ亘が割り込んだ。

「お話し中すみません！　あの、小手鞠さん助けたの、僕ですから。まず僕への感謝の気持ちがあっても……」

「ありがとうございました」

「どういたしまして」

右京が亘に向き直った。

「よくここに気づきましたねえ」

「大沼が最後に選ぶ場所となると……」

「君にしては冴えてましたねえ」

「君にしては……」

解せない顔の亘に、右京が言った。

「あっ、冠城くん、小手鞠さんを送ってあげてください」

「はい」

ふたりが立ち去ると、右京は苦い思いで廃工場を振り返った。


数日後、家庭料理〈こてまり〉の店内には、右京と亘の他に、甲斐峯秋の姿もあった。

「しかし、君まで巻き込んでしまうとは本当に申し訳ない。私からもお詫びするよ」

峯秋が頭を下げると、峯秋の隣の席に腰かけた小手鞠は平然と笑った。

「いいえ。何事も経験ですから。いい人生勉強になりました」

「人生勉強ねえ。さすが肝が据わってるね」

「それに、あれから毎晩、杉下さんがお見えになるので、売上もずいぶん上がりましたし」

「毎晩？」

振り向いた峯秋に、右京が言った。

「迷惑料ということで」

亘が笑いながら言い添える。

「ちなみに僕は命の恩人ということで、割引価格で」

「ほう、毎晩ねえ。雨降って地固まるってこともあるからね」

含み笑いを漏らす峯秋を、女将が小突く。

「なにひとりで笑ってるんですか？　気持ち悪い……」

そのとき、小手鞠のスマホにメールが届いた。

「あっ、生まれた！　杉下さん、達郎くんがお父さんに！」

「おや、そうですか」

小手鞠が添付ファイルを開くと、スーツ姿でネクタイを締めた達郎と、赤ん坊を抱いた新妻の動画が再生された。

――女将さん、俺、半端もんだけど頑張りますから！　絶対頑張って一人前になって、こいつ幸せにしますから！

「当たり前だ、バカ野郎！」小手鞠は画面に向かって笑いながら言った。「本当におめでとう……」母親にでもなったかのようにしみじみと小手鞠が祝福のことばを述べたとき、花火の音が聞こえた。

「あっ、カウントダウンしないまま、年越しちゃいましたね」

亘のことばを受けて、小手鞠が「ハッピーニューイヤー！」とグラスを掲げると、男たち三人も唱和した。

「ハッピーニューイヤー！」

「ああ！　今日はとことん飲むぞ！　シャンパン、開けちゃいましょうかね」

小手鞠がカウンターの中に入り、シャンパンを開けた。

「初詣どころじゃなさそうだね」

そんな小手鞠と峯秋を横目で見ながら、亘が言った。

「今年はいい年にしたいもんですね」

「ええ、今年こそは……」

右京と亘はシャンパングラスを合わせた。

第十一話
「欺し合い」

一

警視庁特命係の冠城亘は上司と一緒に昼食に行き、帰ってきたところだった。

「いいお店でしたね」

満足そうな相棒に、杉下右京はうなずいた。

「ええ。しかし、お弁当まで買って、夕飯にでもするつもりですか？」

「角田課長に差し入れです。姪っ子さんが結婚するとかでご祝儀用に下ろしたお金、封筒ごと落としたらしくて。しばらく昼飯抜いて穴埋めするって言ってましたから」

「いつもの愛妻弁当は？」

「それがいま、奥さん、帰省中なんですって」

「奥さんには言ってなさそうですね」

「言えないんでしょ」

雑談を交わしながら特命係の小部屋に戻ってくると、噂の主の組織犯罪対策五課長、角田六郎が勝手にデスクの上に弁当を広げているところだった。それは、豪華な仕出し弁当だった。

亘が詰問口調で訊いた。

「なにしてるんですか?」

「いや、ここんとこさ、節約節約でストレスだったからさ、奮発してやったよ! ちくしょう、やっぱうめえなあ、高いもんは!」

「血迷ったんですか。落としたご祝儀、どうするんですか?」

「ああ、それがな、ついさっき電話があってな。ほら去年、国民定額給付金っての、あったろ。景気対策に」

右京がうなずいた。

「ええ。申請すると政府から支給される。個人には一律二十万円、個人事業主だと二百万円、法人だと四百万円でしたか?」

「うん。それ、俺、まだもらってなかったんだよ」

「まだって、申請はもう締め切られたんじゃないですか?」

亘が疑問を呈すると、角田が説明した。

なんでも、〈全日本給付金センター〉の鈴木(すずき)という男から電話があり、「国民定額給付金の件で政府から委託されている」と言われたのだという。

給付金をもらいそびれたと思っていた角田に、鈴木は「まだ大丈夫ですよ。総務省からご案内は行っていませんか?」と訊いた。角田のスマホには、たしかに『総務省より重要なお知らせ』というショートメールが届いており、そこにURLが記載されていた。

角田はそのURLをタップして、給付金追加申請の手続きをおこなったのだった。

「手数料、十パーセント取られちまったが、それでもまだ十八万残るからな。落とした金をカバーできた上に、小遣いまでできたってわけだ」

ほくほく顔の角田に、亘が顔をしかめた。

「それでこの昼飯ですか……」

「捨てる神ありゃ、拾う神ありだよ」

「その手数料ですが、前払いだったのではありませんか？」

右京はすでに角田が騙されたことを確信していた。

「うん。話が逃げないうちに、速攻で振り込んだ」

亘が呆れた。

「いるんですね、こういう人。しかも警察官に」

「なんだよ、それ……」

「だってどう考えても、詐欺じゃないですか」

「お前ね、俺を誰だと思ってんの？　腐っても組対の課長だよ？　ちゃんとね、ここに電話して確認した。間違いないってさ」

角田がスマホを掲げてみせた。総務省と記されたサイトが表示されていた。

「だから、給付金センターも総務省も、全部同じ連中ですって」

亘に断言されても、角田はまだ半信半疑だった。

「二万のために、そこまでやるかよ」

「お金落としたショックで、信じたい気持ちになっちゃってますね」

「そのセンターの電話番号、まだ残ってますか？」

右京が尋ねると、角田は「うん。はい」とスマホを差し出した。右京がすぐにリダイヤルした。

――〈全日本給付金センター〉、担当高橋です。

「ああ、もしもし？　ついさっき電話した角田という者ですけどね」

――角田さん？　ご本人さまですか？

「いや、息子です。なんかもう年なんですかねえ、親父もイマイチ言ってることがよくわかんないもんでね。……いや、疑ってるわけじゃなくて。実は、俺もまだもらってなくてさあ。ついでに一緒にやってもらえないかと思ったもんでね。……あっ、いけます？　はい。はい。なるほど。わかりました。よろしく」右京が通話を終えて、スマホを角田に返す。「直接会って、手数料と必要書類を渡すことになりました」

「なんだよ、息子って……。お前、欲しかったら自分の名前でやれよ」

まだ勘違いしている角田に、亘が呆れたように言う。

「いやいや、そういう問題じゃないでしょ……」

「話した感じ、やはり詐欺でしょうね」

右京がきっぱり言い切ると、角田はようやく自分の失敗に気づいた。

「えっ？　なんてこった。もう弁当食っちまったよ！」

「この際、摘発しておきましょう」

「しかし、よく手渡しに持ち込めましたね」

亘が感心した。

「振り込みだと、口座凍結などのリスクがありますからね。最近は手渡しの事例が増えているようです。おそらく受け取りに来るのは受け子でしょうから、尾行してアジトを突き止めて主犯を押さえたいところですが、ここでひとつ問題が」

「なんです？」

「僕は、課長の息子には見えません」

右京と角田が、亘の顔をじっと見つめた。

数時間後、亘はラフな服装に着替え、区役所のロビーにいた。

するとスマホの着信音が鳴った。

「はい」

――もしもし、角田さん？　もう着いてらっしゃいますかね？

「ええ」

周囲を見回すと、着慣れぬスーツを無理して着たような、見るからにうだつのあがらない小男がスマホを耳に当て、きょろきょろしていた。

——えっと、どちらに？

亘が手を振ると、小男は電話を切って、小走りで近づいてきた。

「私、〈全日本給付金センター〉の鈴木と申します」

ぺこぺこしながら名乗った鈴木のスーツのズボンの下から、ジャージの裾がのぞいていた。亘は心中で（雑……）とつぶやいた。

「書類と手数料のほうはお持ちでしょうか？　もうこちらで受け取れますけれども」

「あっ、それなんですけど……手数料、後払いにしてもらえませんか？　お願いします」

亘は頭を下げたが、鈴木は一蹴した。

「無理ですよ、そんなの。できるわけないじゃないですか。この件はなかったことにしてもらいます。はい、失礼します」

鈴木は表情を硬くすると、小走りに去っていった。亘は一拍置いてから、鈴木のあとを追った。

尾行してアジトを特定しようと考えていた亘が地下駐車場に向かうと、鈴木が軽自動車のドアロックを解錠するところだった。亘は作戦を変更し、鈴木に同行してアジトに潜入することにした。

「あれっ？　あんた、ついてきてたの？」

困惑したような表情の鈴木に、亘がすがりつく。

「お願いです。鈴木さんのところで雇ってもらえませんか？」

「なに言ってんの、あんた。雇えるわけないでしょ！」

「そこをなんとか！」

「無理無理無理無理！」

鈴木は亘を振り切って、軽自動車の運転席に乗り込んだ。亘も助手席に身体を滑り込ませた。

「ちょっとなに⁉」

「……本当は詐欺ですよね？」

亘が言うと、鈴木の顔色が瞬時に変わった。

「えっ……？」

「裾からジャージが出てますよ」

「あっ……」

鈴木は慌ててジャージを隠そうとした。

「働かせてもらえませんか？」

「はあ？」

「詐欺だろうとなんだろうと、金さえ入れば、それでいいんです。雇ってくれないなら、警察に行きます。そしたら全部、あなたのせいにされますよ！」考え込む鈴木に、亘が付け加えた。「雇ってくれれば、なにも言いません。僕だって共犯になるわけですから」

鈴木は亘に目隠しをし、アジトに連れていった。アジトにはメンバーが集まっていて、ちょうど佐藤（さとう）という若い男が、高橋という金髪の男に謝っているところだった。

「すみません！　また取れませんでした」

高橋が佐藤をねめつけ、声を荒らげた。

「いい加減にしとけよ。来てからまだ一件も取ってねえじゃねえか」

「すみません！」

鈴木が高橋に声をかけた。

「連れてきました！　ぐるぐる回ってきたんで、ここがどこかはバレてません。もう取っていいぞ」

鈴木に言われ、亘が目隠しを外した。

「あっ、どうも」

高橋が右手を差し出した。

「携帯、渡せ」

「えっ？」

「ここの決まりだ。タレ込まないとも限らねえからな」

亘がスマホを渡した。


特命係の小部屋では、角田が腕時計に目を落としていた。

「冠城の奴、遅いな。やっぱり詐欺じゃなかったんじゃ……？」

「それならそれで連絡があるはずです」

右京が紅茶を啜りながらそう言ったとき、右京のスマホの着信音が鳴った。

「はい」


——はい。

右京が電話に出たのを確認し、亘は高橋にも聞こえるように声を張った。

「あっ、お忙しいところ失礼します。こちら、〈全日本給付金センター〉の角田と申しますが」

——ああ、角田さん。給付金センターの。

「ええ。入ったばっかりなんですが、すぐそばに上司も控えておりますので、ご安心ください」

——では、わかっていることを言える範囲で。

「あっ、ご家族の分もご希望で。もちろん大丈夫です。五人家族、一軒家、男所帯ですね。ご持参の場合は近くの区役所までお越しいただければ。ええ。あっ、こちらの住所ですか？」

亘が振り返ると、高橋と鈴木がジェスチャーで電話を切るように伝えてきた。

「あっ、すみません、電話が遠くなってしまって……。いま近くで道路工事してるものですから。もしもし？　もしも……」

亘は通話の途中で電話を切り、高橋を振り返った。

「こんな感じでどうですか？」

「まあ、いいだろ。うちは完全歩合制だからな」

「がんばります」

右京は亘のメッセージを正確に理解していた。

「大胆にも、詐欺グループに潜入したようですねえ」

角田がコーヒーを飲む手を止めて驚いた。

「ええ？」

「詐欺グループは男五人、アジトは一軒家のようですが、場所はまだ特定できていないようでした」

右京はそう言うと、サイバーセキュリティ対策本部の特別捜査官、青木年男に電話をかけた。

「杉下です」

――なんですか？　もう、こんなときに！

青木の声には苛立ち（いらだ）が混じっていた。

「調べてもらいたい電話番号がありまして。いましがた、メッセージで送っておきました」

――いま、それどころじゃないんですよ。誘拐事件が起きてて、脅迫電話の逆探知で呼ばれて来てるんですよ。

青木はそのとき中岡（なかおか）という資産家の家にいた。居間のテーブルの上には、犯人から送られてきたレンズの割れた眼鏡（めがね）と、文字を切り貼りして作られた脅迫状が載っていた。

「息子のものに間違いありません」

母親が到着したばかりの特殊班の捜査員に訴えかけた。

「犯人の要求は？」

特殊班の捜査員の質問に、先に詰めていた所轄署の刑事が答える。

「二億円を指定の口座に入金しろと。海外の口座です」

「海外口座か……」

父親が険しい表情で口を開いた。

「身代金はなんとかします。どうか命だけは！」

青木が電話の向こうの右京に伝えた。

「割れた眼鏡なんかが送られてきてて、やばそうなんですよ。これだけは調べてあげますから、もうかけてこないでくださいね」

しばらくして、右京の元に青木からメールが届いた。右京がメールを開く。

「契約は六年前。契約者は伊藤則夫、足立区北綾瀬在住。青木くんの話では、いわゆる飛ばしの携帯ではないかと」

「まあ、そうだろうな」

角田が納得していると、右京が突然パソコンでなにかを調べはじめた。

「なんだ？」

「現在おこなわれている道路工事の許可申請リストです。冠城くんが近くで道路工事をやってると言ってましたのでねえ」

角田が黒縁眼鏡をずり上げて、パソコンをのぞき込む。

「都内一〇七九カ所か。せめて何区かだけでもわかればなあ」

「まずは携帯の名義人からあたってみることにします。携帯電話の転売ルートをたどってみますか」

特殊詐欺グループのアジトでは鈴木が亘に命令していた。

「もう昼だ。飯の作り方教えるから、来い」

「俺が？」

「引き継ぎだ。一番下っ端がやんだよ」

連れていかれた狭いキッチンで、亘が鍋の蓋を開けると、もやしの袋が見えた。

「もやし炒めですか。ところで、さっきの高橋って人がグループのボスですか？」

「あいつはただの役者崩れだよ。ボスはもっと大物だ」

「大物？」亘が訊き返した。

「お前、〈伝説の詐欺師Z〉って聞いたことあるか？」

「いえ」亘が首をひねった。

「お前、素人だもんな。相当な切れ者でさ、一回もパクられることなく、もう何十億って稼いでるって話だよ」

「Ｚって、イニシャルかなにかですか？」

鈴木が裏の事情を明かす。

「いや、Ｚの前に〈伝説の詐欺師Ｘ〉っていうのがいてな。そいつに詐欺を仕掛けて勝ったからＺだ」

「詐欺師に詐欺を仕掛けた？」

鈴木は事情に通じていた。

「Ｘが地面師詐欺をやってな。相手に金を振り込ませた。もちろんネットで仕入れた他人名義の口座だ。ところが仕事が終わって金を出そうとしたら、口座が開かねえ。その口座自体が、そもそもＺが用意したものだったんだ」

「じゃ、ＸはＺのために働かされたようなもんですね」

亘のことばに、鈴木は肩をすくめた。

「ま、そんなので勝ったことになんのか、怪しいけどな。業界じゃ、あのＸを出し抜いたってことで、名を上げたんだ」

ふたりがキッチンでそんな会話をしていると、田中（たなか）という名の目つきの鋭い、威圧感のある男がアジトに入ってきた。高橋が即座に立ち上がり、お辞儀をした。

「お疲れさまです」

「どうよ？」

「全部で百二十三件取れてます」

「おお」田中が詐欺に成功した相手先のリストを手に取った。「って個人ばっかじゃねえかよ！　肝心の法人は？」

「まだ……十件ほどです」

「百件がノルマつったよな？」

「すみません……頑張ります」

高橋が再び深く頭を下げた。


「ねえ、先輩」

亘から先輩と呼ばれた鈴木は、どこから取り出したのか、スマホを真剣に眺めていた。

「ん？」

「さっきからなにしてるんですか？」

「ああ……競輪の速報、見てんだよ。一発でかいの当てりゃ、こんなせこい仕事からあがれるだろ。ダメだ！　ガチガチの本命しかこねえ」鈴木が立ち上がり、亘が調理中のフライパンをのぞき込んだ。「お前、なにやってんだよ。もやし炒めがレバニラになってんじゃねえか！」

「すみません。レバーが冷蔵庫にあったんで」

「お前、やるなあ！　ナイスアドリブだよ。もう台所、お前に任せるよ」

「どうも。そういや、なんで携帯持ってるんです？」

「ん？」鈴木がそっぽを向いた。「ちょうどスマホに替えたばっかりでさ、今月だけ二台持ちなんだよ」

「じゃあ、黙って？」

「うん。あっ、お前、絶対言うなよ！」

亘が鈴木に向かって手を合わせた。

「一瞬、お借りできませんか？」

「ダメだよ、俺が怒られんだろ」

「実は親父に持病があって、薬飲む時間なんですが、電話しないといつも忘れちゃって。携帯のことはもちろん、裾からジャージが出てたことも言いませんから」

そのとき右京は、詐欺に使われたスマホの名義人である伊藤則夫の自宅アパートにいた。九十四歳になる独居老人の伊藤の受け答えは、少々覚束(おぼつか)ないものだった。

「携帯電話？　うーん、誰かが欲しいって言うから、譲ってやったような……」

右京が身を乗り出した。

「どなたにですか？」

「えっ？」伊藤は耳も遠くなっていた。

「どなたに？」

「誰だったっけねえ。駅の前のパチンコ屋で、小遣いくれるって言うからさ」

右京がこの老人から情報を聞き出すのは難しそうだと判断したとき、スマホに着信があった。右京はいったんアパートの部屋の外へ出てディスプレイに目をやった。未登録の番号が表示されていた。

「もしもし？」

――あっ、冠城です。

「おや、いまはひとりですか？」

――携帯を取り上げられてしまって。詐欺グループのひとりを言いくるめて、一瞬借りてかけてます。

右京は瞬時に状況を理解した。

「なるほど。それにしても潜入までするとは大胆な」

――なりゆき上、仕方なかったんですよ。それより、Zって詐欺師、知ってます？

「Z？　いえ」

――業界だと伝説の詐欺師って言われてるみたいなんですけど、どうやらそいつが、今回の主犯みたいで。

「調べてみます。アジトの場所はまだわかりませんか？」

――それが、出入口に鍵かけられてて、外に出られないんです。窓から外も見えないし。

「その携帯のＧＰＳなどは？」

――見てみたんですが、ＧＰＳ機能が切られてて。逆にこの番号から発信基地、絞ったりできませんか？

「僕だけではなんとも。頼むにも青木くんはいま、別の事件で忙しいようで。引き続き、主犯について探ってみてください」

――わかりました。

通話を終えた亘はキッチンに戻り、鈴木にスマホを返した。

「やっぱり飲むの忘れてました。おかげで助かりました」

「おう。これで俺はお前の親父さんの命の恩人だ。忘れんなよ」

亘が苦笑して軽く頭を下げると、鈴木が振り返った。

「いま、ちっちぇえって言った？」

「えっ？」

「俺のこと、ちっちぇえって言った？」

「言ってませんよ」

「そっか」鈴木がキッチンのドアを開け、詐欺がおこなわれている部屋をのぞいて、顔色を変えた。「田中さんが来てる。怖い人だから、絶対怒らせるなよ」

鈴木が亘を引き連れ、作り笑いを浮かべながら部屋に入った。

「お疲れさまです！」

田中が剣呑な目つきで亘を睨んだ。

「おい、そいつは？」

「地元の後輩らしいです」

高橋のことばを受けて、鈴木が説明した。

「あの、昔こいつの親父を助けたっていう縁でして。案外使える奴なんですよ。このレバニラもこいつが……」

田中は鈴木を押しのけて、亘に顔を近づけた。そして鋭い眼光で亘の全身を眺めた。

「よろしくっす」

亘が頭を下げると、田中は興味を失ったように、金庫の置かれた部屋に入っていった。

右京は特命係の小部屋で、三〜四年前の詐欺事件を調べてみた。そして、複数の大型詐欺事件に通称〈Z〉という人物が関わっており、まだ検挙されていないことを知った。

二

亘は与えられたスマホで、詐欺の電話をかける振りをしていた。そばのデスクに、田中が置いたままのブランド物の高級ライターがあるのが目に入った。ライターには「1230」というシリアルナンバーが入っていた。

と、金庫のある部屋から田中が出てきた。

「おい、お前ら、ここ並べ。早くしろ！」

田中の怒鳴り声にただならぬ予感を覚え、電話をかけていた六人は慌てて一列に並んだ。

高橋が訊いた。

「どうかしたんですか？」

「この中に裏切り者がいるんだよ。タバコはなに吸ってる？」

「チャールズのスリムメンソールです」

高橋が答えると、最年少の佐藤が続いた。

「親に隠れて何回か吸ったことあるくらいで……」

「自分はホライズンの一ミリです」

鈴木に続いて、吉田と佐々木が答えた。

「やめました」

「ゾロっす」

最後は亘の番だった。

「吸いません」

田中は六人の顔を凶悪な目つきで穴が開くほど睨むと、いきなり高橋の腹部に回し蹴りを食らわせた。高橋が呻いて床に倒れると、田中はその上にまたがり、顔に数発のパンチを浴びせた。

田中はぐったりした高橋の身体をまさぐり、ベルトの間に隠された札束を見つけた。

「出てきたよ！　おい、これなんだよ！」

田中は札束を奪い取り、高橋の鼻先にハンカチに包んだタバコの葉を突きつけた。

「金庫の前に落ちてたんだよ、これ。ほら、わかるか？　ハッカのにおいがするよ。メンソールだよなあ？　ああ⁉」

「違うんです！　許してください……違うんです」

高橋は言い訳をしようとしたが、田中は聞く耳を持たなかった。

「ごちゃごちゃ言ってんじゃねえ！　ただで済むと思うなよ！」

田中は獲物を見つけた虎のような狂暴な顔になり、高橋を叩きのめした。そして、高橋を金庫のある部屋へ連れていき、さらに痛めつけた。やがて、高橋が動かなくなると田中は戻ってきて、残りの五人の顔をねめつけた。

「お前らも妙なまねしたら、わかってんだろうな？」

このとき詐欺に使っていたスマホの一台が鳴った。

「出ろ」

田中の命令で、佐藤が電話に出た。

「はい、〈全日本給付金センター〉です」

——先ほど、給付金のことで連絡した杉下という者ですが、ご担当の角田さんに代わってもらえますか？

「少しお待ちください」佐藤が電話を取り次ぐ。「杉下って人からなんですけど……」

「ああ？　誰だ？」

手を伸ばす田中を制して、亘が電話を受け取った。

「たぶん、さっき営業かけた客だと」そして、右京からの電話に出る。「もしもしお電話代わりました。角田です」

——Zについて調べてみましたが、伝説の詐欺師というのは、あながちただの噂でもなさそうです。もし今回の事件の裏にZがいるようでしたら、逮捕するチャンスです。

ついてはこちらからも仕掛けたいと思うのですが……。

「少々お待ちください」亘が機転を利かせて、田中に訊いた。「給付金って法人だと、手続きとか違うんですか？」

「なに？」

「いや、家族経営でちっちゃい会社やってるらしくて」

「おお。貸せ」田中がスマホを奪い取り、声を取り繕った。「もしもし、お電話代わりました。法人の件についてでしょうか？」

――ええ。個人のほうはわかったんですけどね。法人のほうもまだ受け取りできるんですかねえ？

「継続化給付金四百万円のほうですね。大丈夫ですよ。通帳と売上台帳をスキャンして……」

――スキャン？

「どなたかわかる方に代わっていただければと……」

――それが年寄りばっかりでしてね。私、これでもIT担当なんです。

「ということは、社長さまではないんですか？　申し訳ございませんが、社長さまに代わっていただいてよろしいでしょうか？」

「少々お待ちください」右京はスマホをいったん保留にし、そばにいた角田に言った。

「社長役、お願いします」

「社長役って……どうやるんだよ」

「住所を聞き出せればベストですが、いまはとりあえずアドリブで話してもらえれば」

「アドリブってお前……」

角田は戸惑ったが、右京は構わず、スマホのスピーカーフォン機能をオンにして、角田の前に差し出した。

角田が声を変えて、電話に出た。

「あの、私が社長だがね」

——社長さま、ありがとうございます。給付金を受け取るには、前年同月比で五〇パーセント以上、売上が減少した月があることが条件なんですが、該当する月はございますか？

「ああ、それはね……」

しどろもどろの角田に、右京が「経理に任せています」と書いたメモを見せた。

「そういうのは経理に任せてるんでね」

——では、いまご確認願えますか？

「きょ、今日は休みなんだ。明日来るよ。それよりね、急いでるんでね、書類一式直接持っていって、一度で済ませたいんだがね。〈全日本給付金センター〉ってどこにあるの？　ホームページ見たけど、住所載ってなかったよ」

——そうですか？　いや、ホームページは国の管轄ですので……。それではまた明日の午前中にでも、こちらからご連絡させていただきます。

「えっ？　明日なの？」

——えっ？　明日なの？

田中が電話を切ろうとすると、亘がスマホを奪い取った。

「給付金、絶対もらっておいたほうがいいですよ。あっ、この前担当した人なんか、ベリッシモールのトーチ、買ったそうです。二十日前のことです。ええ。社長さんも急がないと。それでは失礼します」

電話を切った亘は、田中に言った。

「最後に、欲に訴えとくのがコツなんですよね」

「給付金だぞ！　保険の勧誘じゃねえんだよ」

田中が声を荒らげた。

特命係の小部屋では、角田が悔しがっていた。

「惜しかったな。あとちょっとで住所を聞き出せたのに」

しかし、右京の見解は違っていた。

「いまのは、あまりよい方法ではなかったかと」

「えっ？」

「前回の電話のことが頭に残っていたのでしょうが、今回、案内のショートメールはまだ送られてきてないいんですよ。なぜホームページのことを知ってるんだと怪しまれてしまったかもしれませんねえ」

「ああ！」角田が頭を抱えた。

「過ぎたことは仕方ありません。気づかれてないことを祈って、冠城くんの言っていた手がかりを当たってみましょう」

「手がかり？」

「ベリッシモールのトーチというのは、ブランド物のライターのことです。二十日前は十二月三十日で『１２３０』。おそらく限定品のシリアルナンバーかなにかでしょう」

右京は亘の意図を正確に汲んでいた。

詐欺グループのアジトでは、田中が亘と鈴木に話をしていた。佐藤は部屋の隅でスマートウォッチを見ていた。

「法人は四百万。個人の二十倍だ。必ず落とせ。わかったな」

発破をかける田中のスマホにメッセージが届いた。

「ちょっと待て」

スマホに目を落とした田中がふいに声を上げる。その顔色が変わったことに、亘は気づいた。

「なにか？」

「さっきホームページがどうとか言ってやがったな。まだ案内も送ってねえのに。こっちの居場所つかもうとしてるようにも聞こえた。警察の囮捜査かもしれねえ」

「いやあ、いきなりそうなります？」

田中が亘に向き合った。

「なにがいきなりだよ。俺らが気にしなきゃなんねえのはそこだけだろ」

鈴木が仲裁するように割り込んだ。

「じゃあ、やめときますか？」

「いや」田中はしばし思案した。「次、確かめる」

右京はライターの購入者を調べに外出し、一時間ほどで戻ってきた。そして、特命係の小部屋で留守番をしていた角田に告げた。

「ライターの購入者が判明しました。財満全次。よくある名前ではないので、調べれば、なにかわかるかもしれません」

組織犯罪対策部の角田が、その名に反応した。

「聞き覚えあるな。財満……」角田がパソコンでデータベースを検索すると、すぐにヒットした。「やっぱりだ。〈武輝会〉系の暴力団、〈仁頼組〉にいた男だ」

右京がパソコンの画面をのぞき込んだ。

「破門になってますね」

「最近じゃ、暴対法から逃れるために、あえて破門になって、外でシノギを作る奴が増えてるんだ。それ系じゃねえか？」

「なるほど」右京が納得する。

角田は財満の顔写真を見て、首をひねった。

「しかし、こいつ、どっちかっつうと武闘派で、詐欺ってタイプじゃないはずなんだが……。これが〈伝説の詐欺師Ｚ〉か？」

「はたして同一人物かどうか、調べてみましょう」

三

右京はＺの被害に遭った人物を訪ねることにした。最初に会いにいったのは、小川という男だった。アパートでつつましい生活を送っている小川から、右京は話を聞いた。

「当時は資産十億の、天才トレーダーと呼ばれていたとか……」

　小川は寂しげに笑った。

「あのときは、家賃三百万の部屋に住んでました。まあ、株なんてやってれば、一瞬でなにもかも失うこともあります」

「しかし、あなたの場合は詐欺に遭った」

「あるリーク情報が送られてきました。海外のいわゆる『ペニーストック』と呼ばれる株。弱小企業がときどき画期的な新製品を出したりして、大化けすることがあるんです。そんな類いのリーク情報でした。もちろんこっちも鵜呑みにするほどバカじゃない。いくつかそれを裏付ける情報を見つけ出し、それが絶妙にリアリティがあった。勝負どころだと思い、有り金のほとんどを突っ込みました」

「結果、ガセネタどころか、そんな企業自体がなかった」

「有り金失ったあと、Ｚからメールがきました」

　小川がそのメールを右京に見せた。

　――天才トレーダーへ　上には上がいる　Ｚ
「自ら探し当てた情報は、与えられた情報より信じやすい。僕がどこの情報を参考にしてるかを調べた上で、餌をまいておいたんでしょう。かなりの知能の持ち主ですよ」

小川はそう語ると、唇を強く噛みしめた。

続いて右京が面会したのは、刑務所で服役中の小林(こばやし)という男だった。開口一番、小林は言った。

「Zは捕まったんですか?」

右京は曖昧(あいまい)な笑みで応じた。

「残念ながらまだです」

「不公平っすね。俺らは使われただけなのに」

「あなたはZの指示で架空請求詐欺をやっていましたね?」

「Zの指示は絶対。そのときはそう思い込んでたんです」

右京には小林の気持ちが理解できなかった。

「会ったこともない、実在さえ疑わしい相手なのに、ですか?」

「Zは実在しますよ。ニアミスしたことはありますから。噂どおり、引きずった足跡が残ってました。聞くところによると、Zは足が悪くて、杖をついているらしいんですが……」

詐欺グループのアジトでは、夕飯の時間だった。亘は、自分の作った焼きそばを黙々と口に運ぶ佐藤に話しかけた。最年少の佐藤はまだ少年の面影の残る風貌をしていた。

「君、いつからここに？」

「ちょっと前。ネットで高額バイトって見つけて」

「未成年だろ。帰らなくていいのか？」

「別に……。親嫌いなんで。それに勝手に帰ったら……」

佐藤が一瞬、視線を部屋の奥に投げた。そこでは田中が苛々しながらスマホを眺めていた。

「あの男がここのボス？」亘が訊いた。

「なんでです？」

「たびたび携帯見てる。誰かから指示されてるんじゃないかって」

「あの人じゃないと思います」

「ん？」

亘が身を乗り出すと、佐藤も倣った。

「たまたまですけど、この家にあるトイレの窓から見たんです。白髪の老人で、杖をついて足を引きずってました。何人殺したら、あんな目になるのかなっていう目をしていて。怖かったです」

「ずっと観察してたけど、君、まだ詐欺はしてないよな？」

「一回もうまくいかなくて……」

「罪を犯す前にこれで帰れ」

亘は畳んで靴下に隠していた五千円札を佐藤に渡した。


翌日、特命係の小部屋では、右京と角田がZについて話していた。

「聞いた限りでは、かなりの凄腕(すごうで)みたいだが、それにしては今回せこい詐欺やってるな」

角田の疑問に、捜査二課に在籍経験のある右京が答えた。

「手数料が目的ではないと思いますよ」

「えっ？」

「狙いは個人情報のほうでしょう。実際に申請して給付金を騙し取るつもりかと。法人だと十件で四千万、百件で四億にもなりますからね」

「国相手の大型詐欺ってわけか。余罪も含めて、挙げれば大金星だ。電話、もう来るんだろ？　どうすんだ？」

角田は詐欺グループからの電話を気にしていた。

「とりあえず、経理担当役が必要ですねえ」

右京には心当たりがあった。

右京が呼んだのは捜査一課の出雲麗音だった。ところが、お目付け役の伊丹憲一と芹沢慶二も一緒についてきた。

「なんで我々なんです？」

渋面で尋ねる伊丹に、角田が言った。

「別にお前らは呼んでない」

芹沢が同行の理由を語った。

「新人が悪い影響を受けても困るんで」

「ともかく設定は、先ほど説明したとおり、親族経営の会社で角田課長が社長、僕はその弟で副社長、出雲さんは姪の経理担当ということで」

右京の指示に、麗音は「わかりました」と嬉しそうに答えた。

「俺らは？」

右京に訊く芹沢を、伊丹が小突いた。

「進んで役もらってんじゃねえよ！」

右京が急遽（きゅうきょ）ふたりの配役を決めた。

「いとこの専務と常務ではどうでしょう？　出番はないかもしれませんが、うまく手数料を手渡しする展開に持ち込んで、アジトを突き止めたいと考えています」

そこへ、タイミングよく約束の電話がかかってきた。

「では、よろしく」右京は全員に目配せし、電話に出た。「〈大日本食材〉の杉下です」

――もしもし、〈全日本給付金センター〉の田中と申しますが。

「お待ちしておりました。経理担当に代わります」

右京がスマホを麗音に渡した。

「経理担当の出雲と申します。お問い合わせいただいた今年度の売上ですが、四月に大口の発注がキャンセルになったことで、七百五十万のマイナスが出まして……昨年同月比四八パーセントとなっております」

右京が麗音からスマホを受け取る。

「そういうわけで、危機的状況なものですからね、極力急ぎたい。できれば直接、書類一式等持参して、一遍に済ませたいなあ」

――はい、少々お待ちください。

「はい、少々お待ちください」

そのとき田中の持つもう一台のスマホに、「取引先企業を確認しろ」というメッセージが届いた。

「その前にですね、二、三、確認したいことがございまして。キャンセルになった取引先というのは、なんという会社でしょうか？」

――〈セリーザフードサービス〉というところなんですがね、ああ……ご担当者の方があまり事務所にいらっしゃらないようなので、なんでしたら携帯番号をお教えしますが。

「お願いします」

――はい。０９０……。

特命係の小部屋では、芹沢が泣きそうな顔になっていた。

「なんで人の電話番号を勝手に！」

「常務改め、取引先の担当ということでいきましょう。話をなるべく引き延ばしてください。あとはアドリブで」

気軽に振られた芹沢が絶句した。

「アドリブって……」

と、すぐに芹沢のスマホに着信があった。芹沢が声色を変えて電話に出る。

「はい、〈セリーザフードサービス〉です。ああ、いまね、連絡あって……。ええ、聞いてますよ」

田中が芹沢と話しているいまがチャンスと、右京は〈全日本給付金センター〉に電話をかけた。

――はい、〈全日本給付金センター〉です。

電話に出たのは佐藤だった。

「先ほど連絡した杉下ですが、ご担当の角田さん、お願いします」

――杉下さんってさっきの？

佐藤の声には動揺が感じられた。

「ああ、いえ、あなたで結構です。そちらの最寄りの区役所まで書類一式持参するということで、もう話はついてるんですがね、どちらの区役所へ行けばいいんでしょう？」

――あの……少しお待ちください。

そのとき、芹沢が通話を終えようとしていた。

「はい、ひとつ、よろしくお願いいたします」

――ありがとうございました。では……。

右京はジェスチャーで、芹沢に田中との通話を引き延ばすように伝えた。

「ええ、あっ、いえ……ちょっと待ってください」

――なにか？

伊丹が芹沢のスマホを奪い取った。

「ああ、もしもし？　社長の伊丹ですけどね。実はうちも困ってるんですよ。あんな会社助けるくらいなら、うちもひとつ、なんとかなりませんかね？」

「えっと、新規の申し込みでしょうか？」

突然の展開に、田中は判断を仰ごうと、もう一台のスマホのメッセージアプリを見た。しかし、Ｚからの指示は入っていなかった。

「はい、少々お待ちください……。えーっと、でしたら、現在の状況からおうかがいしたいんですけども」

一方、佐藤は依然として杉下と名乗る人物への返答に戸惑っていた。

──どうしました？　なにか問題でも？

見かねた田中は伊丹と通話中で手が離せないため、佐藤の携帯を取り上げ、亘に渡した。

「もしもし、お電話代わりました角田です。あっ、いまのはアルバイトでして、私が代わりに……」

──そちらの場所を聞き出そうとしてみたんですが、警戒されてしまってるようですね。君のほうもまだわかりませんか？

「申し訳ありません。でも、先日おっしゃっていた方について、わかる者が見つかりまして」

──そうですか。角田さん、では……。

「はい……法人の場合は経産省からのご案内がショートメールで送られてきているはずですので、そちらを……」

その裏で、田中のもう一台のスマホにZから「電話相手は警察の可能性」「新入り、要確認」というメッセージが届いた。

田中は〈セリーザフードサービス〉の社長、伊丹との通話を打ち切り、亘の通話も強引に終わらせた。

「やめだ。この件からは手を引く」

そう宣言する田中に、鈴木が訊いた。

「えっ、なんでですか?」

田中は鈴木を無視して、亘の前に立った。

「お前、警察だろ?」

慌てたのは亘ではなく、鈴木だった。

「えっ! 警察……いやいや、それはないんじゃないですかね? こいつは俺の後輩……」

「どうなんだよ!」

田中に詰め寄られ、亘は笑った。

「そんなわけないじゃないですか」

田中は亘の前にあった、リストを取り上げた。

「お前がかけた電話で、実際に振り込んだ客、ひとりもいねえんだよ！　警察だからわざと外してたんだろ！」

「だったら、やってみせます」

「ああ？」

「途中まで進めてたヤマがあるので。別の法人です。疑うなら、それ、やらせてください」

そのとき、一台のスマホが鳴った。

「出ろ」

田中に命じられ、鈴木が出た。

「もしもし、〈全日本給付金センター〉です。えー、少々お待ちください」鈴木がスマホを差し出した。「〈オリエンタル製作所〉の山本（やまもと）ってのが、角田さんにって。お前だよな？」

〈オリエンタル製作所〉の山本など知らなかったが、亘はそれが右京の作戦ではないかと考え、電話に出ることにした。

「ああ、俺がいま言ってた法人です。粉かけてた」

「いいだろう。やってみろ」

田中が鈴木からスマホを受け取り、スピーカーに切り替えてから、亘の前に置いた。スマホからは機械の作動する音が聞こえてきた。

亘がスマホに向かって言った。

「お待たせしました。こちら、〈全日本給付金センター〉の角田です。山本社長、昨日の件でございますね？」


右京はスマホで無料動画から機械の作動音を探し出して流しつつ、固定電話にハンカチを被せて声を変え、山本を演じていた。

「ああ、角田さん？　待ちきれず、連絡しちゃいましたよ。今日もね、支払いの催促されてね……ひとつなんとか、なんとか！」

──確認が済めば、すぐに手続きに移れます。経理の方はなんと？

「はあ？　いま、なんて言いました？　いや、機械の音がうるさくてね。ちょっと待ってくださいね。おいみんな、止めてくれ！　こっちは大事な電話中だ」

右京がスマホの動画を停止すると、機械音は止まった。

「あ、すみませんね。それでね、一刻を争うんで、一式手渡しでお願いしたいんだけど……」

――もう一度もろもろ確認しますので、改めてご連絡させてください。それでは。

山本を名乗る右京からの電話を切った亘は、田中を振り返った。

「どうします?」

「また手渡しかよ……。みんな、考えることは同じだな。よし、いいだろう」

使いに出されたのは鈴木だった。区役所で待っていると、作業着姿の右京が現れ、書類と手数料の入った封筒を手渡した。鈴木はそれを受け取り、浮き浮きしながらアジトに戻ってきた。

「受け取ってきました」

「どうだ? あとをつけられたりしてねえか?」

用心を怠らない田中に、鈴木が請け合った。

「もちろんです。大丈夫です」

「よし。中、確認したか?」

「あっ、まだです。すみません」

田中が封筒を受け取り、封を開けた。中に入っていたのは新聞紙の束だった。

「これ、どういうことだよ?」

そのとき、伊丹を先頭に捜査一課の三人がアジトに踏み込んできた。

「警視庁だ！　おとなしくしろ！」

鈴木が尾行されたことを瞬時に悟った田中は奥へ逃げようとしたが、亘がその前に立ちはだかった。

「警視庁特命係、冠城だ！」

亘が田中を床に組み伏せる。伊丹が鈴木を確保した。

「いや、違う違う。俺は下っ端の受け子で……。あの人がボス、あの人がボスです！」

芹沢が田中を引き立てた。

「はい、行こう」

「違う！　俺も使われてただけだ！　放せ、コラ！」

麗音は身体中痣だらけの高橋を連行した。最後に入ってきた右京が部屋を見回した。

「冠城くん、Zを見たという人は？」

「あっ、そういえばいませんね」

四

佐藤はアジトの近くのバス停でバスを待っていた。右京と亘の姿を見て、佐藤が言った。

「角田さん」

「捜したよ」

笑顔で応じる亘に、佐藤が五千円札を出す。

「これ、ありがとうございました。角田さんのおかげで、目が覚めました」

「アジトにガサが入った。みんな捕まった」

「えっ？」

右京が一歩前に出た。

「はじめまして、警視庁の杉下です」

「冠城です」

亘が本名を名乗ると、佐藤は目を丸くした。

「えっ、警察官だったんですか？」

右京が佐藤に訊いた。

「君も詐欺グループと一緒にいたそうですね」

「はい……でもそれは、高額バイトって騙されて、怖くて、帰れなくなってしまっただけなんです。誰も騙していません」

「そうだったな」亘が認めた。

「反省してます。許してください」

「反省ですか」右京が言った。「あなた、まだ未成年ですね」

「ええ、はい……」

戸惑いながらうなずく佐藤に、亘が申し出た。

「すまないが、捜査に協力してくれるかな」

「はい、僕にできることなら」

近くの公園に場を移し、右京が言った。

「君は主犯とおぼしき人物を実際に見たそうですねえ。その男は〈伝説の詐欺師Z〉と呼ばれる人物かもしれません。目撃者は君だけです。ぜひ手がかりを得たい」

「それなら、白髪の老人で杖をついていました」

「まさに僕が聞いた話とも一致しています。歩いたあとには足を引きずった跡が残されているとか。ひとつ、やってみせてもらえませんか?」右京が落ちていたちょうどいい長さの木の枝を杖代わりに差し出した。「これで」

佐藤が枝を受け取った。

「たしかこうやって……」

佐藤は右手に握った枝を前に出すと同時に左足を踏み出し、痛めているほうの右足を枝に引き寄せるように引きずった。その動作を何度か繰り返しながら、前へ進んでみせた。

「なるほど。実はそのような老人は、架空の人物ではないかと思っていたのですが、君の話を聞いて確信しました」右京が一拍置いて声を張った。「やはり架空の人物だったんですねえ」

「は？」

「杖というのは本来、そうやってつくものではないんですよ。失礼」右京が木の枝を受け取って実演した。「まず杖を前に。次に痛めているほうの足。そして最後に、痛めていないほうの足を前に。これを繰り返す。つまり足を引きずった跡がつくはずなどないんですよ。初めて聞いたときから妙だと思っていました」

「どうしてそんな噂が？」

亘の質問に、右京が推理を語った。

「Z自身が流していたんでしょうね。あらかじめ、自分とは遠い犯人像を広めておけば、捜査が及んだとき、警察の目をくらますことができる。だとすれば真のZは、噂とは正反対の人物。たとえば、若くてごく普通の、そうですねえ……ああちょうど……」

右京が佐藤を正面から見据えた。

「なにを言ってるんですか？」

亘がアジトで見た光景を根拠に挙げた。

「田中は誰かから指示を受けてた。けど、君が電話している間、田中への指示は止まってた。指示を出していたのは君だな？」

「いいがかりですよ。Ｚのことだって……。杖のつき方なんて、人それぞれじゃないですか。とにかく、見たものは見たんです」

「もう一度、訊きます。たしかに見たんですね？」

「ええ。この目ではっきりと」

断言する佐藤に、右京が攻め込む。

「なるほど。実は君がＺを見たというトイレに、我々も行ってみたんですがね、その窓、ずいぶん高いところにありました。君の背の高さで届いたとは思えません」

「つまり窓の外を見るのは不可能」と亘。

「ところが、君はこの目ではっきりと見た、と言い切った。嘘で嘘を塗り固めようとすると、必ずほころびが出るものですよ。〈伝説の詐欺師Ｚ〉は君ですね？」

右京から告発され、佐藤がため息をついた。

「……わかりましたよ。金は返すんで。ああ、手をつけてませんから」

「なに？」亘が訊き返した。

「僕にとっては、ゲームのコインと同じだったんですよ。ネットの世界って、大人とか子供とか関係ないじゃないですか。どこまでいけるのかなって試してみただけです。でも、リアルの世界だと、大人か子供かは関係ある。僕は未成年ですし、そこまで重い刑にはなりませんよね？」

甘ったれた現状認識しかできない佐藤に、右京が冷たく言い放った。

「君がなにもわかっていない子供だということは、よくわかりました。そして、いま、わかるとも思っていません」

「これからしっかり教えてやるよ。リアルな大人の世界」

亘のことばに不安そうな顔になる佐藤に、右京が右手の人差し指を立てた。

「最後にもうひとつだけ。これ、何本に見えます？」

佐藤は答えることができなかった。

警視庁の取調室では、伊丹と芹沢が鈴木を取り調べていた。

「いい大人があんなガキに使われて、恥ずかしくねえのか」

伊丹に怒鳴りつけられ、鈴木がぺこりと頭を下げた。

「すみません……。あの俺、どうなるんですかね？」

「受け子だ、掛け子だなんて関係ねえ。初犯だろうと実刑だろうよ」

「これに懲りてまともに働けよ」

芹沢に諭され、鈴木が情けない顔で頭を下げた。

「はい。心を入れ替えます」

そのとき取調室のドアが開き、右京と亘が入ってきた。鈴木が亘を見上げた。

「いや、まさか刑事さんだったなんて。すっかり騙されました」

「おかげで〈伝説の詐欺師Z〉を逮捕することができました」

「ついでにもうひとり、逮捕しておきたいと思いましてね。また協力してもらえませんか?」

そう言いながら、右京が鈴木の前に座った。

「もうひとり?」

「〈伝説の詐欺師X〉です」

「いやいや、もう勘弁してください。さっきも約束したんですよ。もうこんな世界には関わらないって」

鈴木を無視して、右京が語る。

「Z……すなわち佐藤と名乗っていた少年ですが、中岡という資産家の息子でした。そして、なんとその中岡家では、誘拐事件が起きていたんです」

亘が言い添えた。

「Zは誘拐されていた」

「誘拐? だってあいつは……」

「ええ」右京がからくりを解く。「本人は誘拐されたことさえ気づいていません。今回の詐欺のために何日も家を離れている間に、何者かが誘拐に見せかけて身代金を要求したんです。すぐに捜査体制が敷かれましたが、警察には無断で両親は身代金を支払ってしまったんです」

亘が補足説明をした。

「海外送金で被害額は二億。実際にはただ留守にしていただけなのに、言うなれば、誘拐詐欺ってところだ」

「犯人はまだ捕まっていません。僕はXの犯行だと考えています」

右京のことばを、亘が受けた。

「Xは一度、Zにやられてるからな。子供にしてやられたことが許せなかった」

「はあ。いや、でもXとかZとか言われても、俺にはなにも手伝えることないですよ」

顔に戸惑いの色を浮かべる鈴木に、右京が言った。

「ところが、そうでもないんですよ。脅迫状と一緒に眼鏡が送られてきていました」

右京の立てた指の本数を答えられなかった佐藤こと中岡に亘が訊くと、アジトに来たときには眼鏡をかけていたということだった。

「眼鏡はアジトで盗まれたそうだ」

「つまり、誘拐詐欺の犯人はあの場にいた誰かです」

「競輪……本命ばっかりって言ってたよな？」亘が鈴木のことばを引いた。「実際には大荒れで、万車券が連発だった」

「ちょうどその頃です。身代金が振り込まれたのは」

「競輪の速報を見てたんじゃなく、本当は身代金の振り込みを確認していた」

「〈伝説の詐欺師X〉はあなたですね？」

右京と亘から交互に攻め立てられ、ついに鈴木が本性を現した。

「さすがに欲張りすぎたか。わざわざ警察を引き入れたのは……」

右京はすでに鈴木の意図を察していた。

「角田課長が警察官だと知りながら、電話したんですね？」

鈴木が開き直った。

「ええ。前に名簿屋から買ったリストにあったんですよ。金を騙し取って、Zを警察にパクらせたら、俺の完全勝利だ。なによりあとで噂になる。さすがは〈伝説の詐欺師X〉だって」

「詐欺師のプライドですか」

「正当な評価に戻そうとしただけです。前にやられたのは事故みたいなもんだ」鈴木も右京の小細工を見破っていた。「〈オリエンタル製作所〉の山本社長。あの電話も見事でしたよ。あの背景の機械の音、あれ偽物でしょ？」

「詐欺師に褒められたところで嬉しくもありませんよ」

亘が鈴木に引導を渡す。

「〈伝説の詐欺師X〉なんて格好つけられるのも、もう終わりだな」

「あとはそちらで」

伊丹と芹沢にあとを託して去ろうとする右京と亘に、鈴木が声をかけた。

「ああ、あんたたちふたり、いい詐欺師になれるよ。警察辞めたら一緒に組もうよ」

取調室のドアが閉まるとき、鈴木の力の抜けた笑い声が響いていた。

数日後、ランチを終えた亘が角田のために弁当を買って特命係の小部屋に戻ってくると、角田がいつぞやと同じように豪華な仕出し弁当を広げていた。

「課長、またなにやってるんですか？」

問い質す亘に、角田がいつぞやと同じようなセリフを繰り返した。

「いやあ、それが実はな、落としたご祝儀が見つかったんだよ！　捨てる神ありゃ、拾う神ありって言ったろ？　ちくしょう！　やっぱうめえな、高いもんは！」

「あの、これ……」

亘が弁当を掲げると、角田は手を差し出した。

「あっ、もらっとく」

第十二話

「死神はまだか」

一

杉下右京は洞窟に迷い込んでいた。洞窟の中には所狭しと、無数のろうそくが立ち並び、炎が揺らめいていた。長いろうそくもあれば、短いろうそくもあった。

「こ……これは？」

啞然として見つめる右京に答えたのは、相棒の冠城亘だった。

「人の寿命だ」

「寿命？」

「長いのは、まだまだ生きる。短いのは、命が残り少ない」

右京の目の前に、ことさら短いろうそくがあった。

「いまにも消えそうなのがありますね」

「それは、お前のだ」亘が冷徹に言い放った。

「えっ⁉」

亘が勢いよく燃える半分ほどの長さのろうそくを指し示した。

「これを見な。本当はそっちがお前のだったが、ペテンで命を助けた旦那のと交換したのさ。ほら、もうすぐ消えちまうぞ」

「なんとかなりませんか?」

「金に目がくらむと、こういうことになる」

「もうしません。ですから……」

すがりつく右京に、亘が新しいろうそくを差し出した。

「しょうがねえなあ。じゃあ、こうしよう。ここに、その火を移せ。そしたら、また寿命が延びる」

「ありがとうございます」

右京はろうそくを受け取って火をつけようとしたが、手が震えてうまくいかなかった。

「ほら、早くしないと消えちまうぞ」

「せ、急かさないでくださいよ」

「ほーら、消えちまう」

「ああ、消える……」

命のろうそくが燃え尽きたとき、「右京さん。右京さん!」と呼びかける声で、右京は目を覚ました。右京はヘッドホンを装着したまま居眠りをしていたことに気づいた。

「クラシックですか?」亘が笑う。

「いえ、落語を」

右京は「死神」という落語を聞いていたのだった。

「落語？　寝ちゃうほどつまんない落語ですか」

「名人上手の落語というものは、ヒーリングミュージックに匹敵するぐらい、リラックスできるんですよ」

「へえ、そりゃ初耳ですね」

「でしょうね。でまかせですから」

「えっ？」

「寝不足がたたったのでしょうかねえ。落語を聞きながら舟を漕いでしまうとは……僕としたことが……」

右京は頭をしゃきっとさせるため、紅茶をカップに注いだ。

落語家の椿家團路は弟子の命名に関して、独特の遊び心を持って臨んでいた。とはいえ、三十路を前にした女性の新弟子に「うん子」と名付けるのはさすがにやりすぎだった。

「解説するってのも野暮だが、読んで字のごとく運のつく子。めでてえ名前だろ？　不服かい？」

俯いて唇を噛む新弟子に、團路は真顔で説明した。総領弟子の真打、椿家小ん路が新弟子を庇おうとした。

「師匠……」

「インパクトだよ、インパクト。こんな美形が『うん子でござい』。こりゃお前、強烈だ。子供にウケること請け合い。子供に人気が出りゃ鬼に金棒だ。あ、あくまでもこいつは前座の名前だ。二つ目になったら変えりゃいいじゃねえか、別のに」

小ん路が進言する。

「おことばですが師匠、もしこの名前で人気を博したら、変えるのが惜しくなるんじゃありませんか？」

「それならそれで、なお結構じゃねえか」

二つ目の椿家怪路（かいろ）が小ん路に助け舟を出す。

「でも師匠、テレビ出られませんよ。いま、うるさいですから。その名前じゃ声かからないと思います」

「お前さん、すっかりテレビでご活躍のようすだね」

「おかげさまで」

「昔ねえ、落語界の大看板がこういうこと言ったんだよ。『テレビなんか出ると、芸が荒れちまう』ってね。そしたらその弟子が、そのときはテレビで超売れっ子だったんだが、スパッとテレビをやめたぜ。あたしゃ、そんな立派な師匠じゃねえから、そんなうるせえことは言わねえよ」

怪路が顔色を変えて頭を下げた。

「余計なことを申しました。このとおりです」

「いまやテレビタレントとして、破竹の勢いの怪路くんの前じゃ誠に申し上げにくいんだけどもね、これからはお前、テレビの時代じゃねえよ。これからはネットだよ、ネット。テレビなんぞに色目使うこたあねえから、安心しな。なっ」團路は新弟子の手を取って撫で回すと、振り返って弟子たちを睨みつけた。

「なんだよ？　文句あるかい？」

真打のいろ里と丈團が顔を伏せた。

「いえ……」「文句なんて……」

團路が突然立ち上がり、正座する弟子たちを見下ろして声を張った。

「文句はねえ？　おう！　文句があるから、てめえら、こうやって雁首そろえてんだろうが！　文句があるならとっとと言いやがれ、この野郎！」

小ん路が勇気を振り絞った。

「ならば申し上げます」

「おっ？　総領弟子が代表して申しますか？　聞こうじゃねえか」

小ん路が「うん子」と墨書された半紙を手に取った。

「師匠の命名のお考えの深さには改めて感服いたします。しかし残念ながら、この名前には團路師匠のお名前の字が入っておりません。師匠のお名前をもじってもおりません。私の名前は小ん路。こいつはいろ里。丈團に怪路。そして駄々々團（ダダダダーン）。みんな、師匠の子として名前をいただき、それを誇りに精進して参りました。しかし、この名前は前座名とは言いながら、シャレが利いてるわけでもなし……。はっきり申し上げます。この名前は無粋の極み。到底師匠らしくありません！」それだけ言うと、小ん路は手をついて頭を畳にすりつけた。「ご無礼を申し上げました。お許しください。あいすみません」

　他の弟子たちも兄弟子に倣って平伏する。團路は少し機嫌を直し、「まあ、おめえの言うことにも一理あらあな。わかった。考え直そう」と半紙を破った。「だが、すぐってわけにゃいかねえよ。それこそ小ん路さんに、こいつぁ粋ですね、なんて言ってもらえるような名前は、そう簡単には思いつかねえ」

「師匠、どうか、なるべく早く、新しいやつお願いします」

　小ん路が重ねて頭を下げると、團路は気軽に「うん。承知した」と応じた。

「師匠、ありがとうございます」

　新弟子も丁寧に頭を下げた。

「うん。頑張りなよ。で、おめえたちの話はそれだけか？」

「はい」小ん路が代表して答えた。

「そうか。なら俺のほうからひとつ、おめえたちに伝えておきてえことがある」

「なんでしょう？」

團路が前座の駄々々團を指差した。

「本日をもって、こいつぁ破門だ」

寝耳に水の破門宣告に、仰天のあまり声を失う当人に代わって、丈團が確認した。

「破門ですか⁉」

「駄々々團、おめえなにやった？」

いろ里が弟弟子を詰問する。駄々々團が首を横に振って否定すると、怪路が言った。

「胸に手ぇやってよく考えろ、駄々々團」

小ん路が團路に向き合って訊いた。

「師匠、駄々々團がなにしたんでしょうか？」

「だだだ、だだだ、うるせえよ！　よう、だだん、おめえは破門だ。とっとと荷物まとめて出ていきやがれ」

團路はそれだけ言うと、部屋から出ていった。

その夜、近くの寺の石段で、駄々々團は兄弟子たちに破門の心当たりについて語っていた。駄々々團は昼間、團路の家の与えられた部屋で荷解きをする新弟子にこう助言したのだ。

――気をつけろ。前座の間はしばらく住み込みっていうのが一門のしきたりだから、どうしようもないんだけど、とにかく気をつけろ。……と言っても相手は師匠。防ぎようもないんだけどさ。

「師匠に聞かれるだなんて、間抜けな野郎だ」

弟弟子のミスを責める小ん路に、怪路が言った。

「しかし兄さん、師匠のセクハラは筋金入りですし、近年ますます拍車がかかってますからね。こいつが新弟子の身を案じて、注意してやりたくなった気持ちはわかりますよ」

「なにしろ女だもんな……」

嘆く小ん路に、駄々々團が訴えた。

「だって、僕が出されちゃったら、あすこ、ふたりっきりですよ。ライオンの檻に放り込まれたウサギ状態ですよ」

「言いたいことはわかるけど、人の心配より自分の心配しろ。お前、師匠しくじって破門されちまったんだぞ」

その頃、團路の家では、駄々々團が心配するようなことが起きていた。團路が新弟子の部屋で、その肩に手を回して、諭していたのだ。

「お前さん、女だてらに、しかもその年で噺家志したんだ。人としちゃ珍品だ。珍品、わかるかい？　平たく言やぁまともじゃねえってこった。誤解すんな。まともじゃねえのは喜ばしいことだぜ。噺家なんてえのは普通じゃできねえ。要は、お前さん、素質ありってこったよ」

新弟子の頬はこわばっていた。

「ありがとうございます」

「だからさ、うん子ぐれえでジタバタすんじゃねえよ。兄弟子たちは優しいから、大騒ぎになっちゃったじゃねえか。うん？」

「申し訳ありません」

「それでな、時間かかると思ったんだが思いついたんでよ……。ほいよ」

團路が立ち上がり、新しい芸名を書いた半紙を見せた。そこに書かれた「路里多」という文字を、新弟子が読む。

「ろりた……」

「バカ野郎。ろりーたって読むんだよ。俺の字も入ってるし、江戸時代だったら年増のおめえが『ロリータ』ってのが、シャレが利いてらぁな。気に入ったか」

「はい」新弟子は渋々うなずいた。

「うん、よし。じゃあな。なんだい、こりゃ？」

部屋を出ようとした團路が、ドアに取りつけられた真新しい錠に目を留めた。

「駄々々團兄さんが……」

「だだんの仕業かい？　つくづく無礼な野郎だ」

團路が舌打ちした。


同じ頃、家庭料理〈こてまり〉では、女将の小出茉梨が常連客の右京に訊いていた。

「どんな夢、ご覧になってたんですか？」

「夢など目が覚めた途端、忘却のかなた。覚えていませんね」

右京はとぼけて、猪口を口に運んだ。亘が身を乗り出した。

「そういや女将さん、落語家、ご存じなんじゃありません？　赤坂時代に接点あったでしょ？」

女将はこの店を開く前、小手鞠という名で、芸者をやっていた。

「ええ。落語家さんたちもわたしたち同様、お座敷がかかって、ときどきいらしてましたからね。なじみの師匠もいますよ」

「たとえば？」

「林家元禄師匠、古今亭鵬太郎師匠、桂粟琵師匠、三遊亭与一師匠……。ご存じありません？」

「いや、テレビに出てるような人しか知らないから」

亘は落語家に詳しくなかったが、右京は明るかった。

「渋い顔触れですねえ」

「ええ」小手鞠が笑った。「ああ、あと椿家團路師匠も」

今度は亘がその名に反応した。

「あっ、その人、知ってる」

「滅多にテレビにはお出になりませんけど？」

「前に『フォトス』に番付が載ってました」

「番付？」

「落語界のスケベ王ランキング。東の横綱。つまり落語界一スケベってこと」

「ああ、それは間違いありません」小手鞠が断言する。「芸者衆も結構、被害に遭いましたからねえ。ここ触られた、どこ触られた、キス迫られた、ってもう……」

夜も更け、椿家路里多（ロリータ）は布団（ふとん）に入って一日のできごとを振り返っていた。するとドアの向こうから師匠の声が聞こえてきた。

「寝ちまったかい？　なんかねえ、胸が苦しくてね……ああう、苦しい……」

「大丈夫ですか？」

路里多が心配して錠を外すと、團路が部屋に押し入ってきた。

「年がいもなく胸がときめいちまって、苦しくて苦しくてしょうがねえんだ」

團路は路里多を布団に押し倒した。

「師匠！」


翌日、路里多は師匠の使いの帰り道で、駄々團に前夜のできごとを報告した。破門された兄弟子が眉間に皺を寄せた。

「さっそく、洗礼を受けたか」

「死にそうな声出されるもんで……」

「師匠ったら立派な病人のくせして驚異的な生命力なんだ。死神にも見放されてる。あっ……悪い。バカ言ってる場合じゃなかったね。襲われちゃったんだもんね」

「身体触られただけですよ！　しつこかったけど」

気丈に振る舞う路里多に、兄弟子が告げた。

「まさしくそれが『触り』だよ。ここで逃げ出さなけりゃ、すべてを受け入れたって判断で、どんどんどんどんエスカレートするの。君に拒否権はない。師匠は絶対だからね」

「ただいま戻りました」

使いから帰ってきた路里多を、團路が玄関で出迎えた。

「ああ、おかえり」

團路は路里多から買い物のレジ袋を受け取ると、機嫌よさそうに言った。

「お勝手はいいから。部屋戻っておいで。ありがとうね」

路里多を追いやった團路はレジ袋を台所の奥の出窓の傍らに置くと、男女ふたりの客の待つ茶の間に戻って、座布団に腰を下ろした。

「どっこいしょ。で、どこまで話しましたっけ？」

二

一カ月後、椿家團路一門会が開催された。

「暗いから提灯借りに来た」

前座の椿家路里多の覚束ないながらも懸命な「道灌」に温かい拍手を送った亘は、次に高座に上がった二つ目の椿家怪路の顔を見て、隣に座る右京に耳打ちした。

「彼はよく知ってますよ」

「テレビにしょっちゅう出てますからねえ」

観客から大きな拍手を受けて、怪路がおなじみのマクラではじめた。

「えー、本日はたくさんのお運び、ありがとうございます。今日も落語でみんなのハートをホッカホカ。椿家怪路でございます」

続く真打の椿家小ん路は「芝浜」を熱演した。

「芝の浜で魚勝がうまそうにプカーリプカリ。二服目の火玉をポーンッと落とすってえと、なんか揺れてる。なんだろうと思って、雁首でこいつを手繰るってえと……」

演じ終えたところで、亘が感心した。

「さっきの怪路とは、比べものにならないぐらい上手ですね……」

「ええ」

そして、いよいよ椿家團路の出番となった。出囃子に乗って、團路が高座に上がる。演目は右京が夢で見た「死神」だった。

その頃、楽屋には私服の椿家駄々々團の姿があった。駄々々團はモニターで師匠の「死神」を観ていた。

團路の噺は順調に進み、やがてサゲにかかった。

「早くしろ。消えたら死ぬよ。ほらほら。早く」

死神を演じる團路は、次の瞬間、男に成り変わり、ろうそくを持つ手を震わせた。

「ああ……消、え、た……」

その台詞とともに、團路は座布団の上に横倒しになった。

「あっ、倒れた」

目を丸くする亘に、右京が説明した。

「ことばではなく動きでサゲる。しぐさオチ、といいます」

観客の拍手が鳴りやんでも、團路は起き上がらなかった。

「ずっとこのままですか？」

「本来はすぐに起き上がるのですが……」

やがて緞帳が下がりはじめ、隙間から弟子たちが一斉に師匠に駆け寄るのが見えた。

「なにごとですかね？」

亘のことばに、右京も戸惑いを見せた。

「ただごとではありませんねえ」

と、会場アナウンスが流れはじめた。

――ご案内いたします。アクシデント発生のため、お客様におかれましては、すみやかにご退場いただきたく、お願い申し上げます。本日は、椿家團路一門会にご来場賜りまして、誠にありがとうございました。

ホールの出口付近で、亘は小手鞠からの電話を受けた。

――ちょうど終わった頃かなと思いまして。いかがでした?

「チケットありがとうございました。おかげで楽しめました。あっ、けど……」

小声でアクシデントの発生を伝えると、小手鞠が声をあげた。

――えっ! 團路師匠が?

「そんなわけで、早々に観客は会場を追い出されちゃったんですけどね。途中、右京さんとはぐれちゃって」

――あらまあ。

「あの人、僕と違って常識ないから、おおかた会場内に潜伏中だと思いますけど」

客の引けたホールのステージでは、駆けつけた救急隊員と医師が、團路の状態を診断していた。心配そうに見守る弟子たちの前に、特命係の変わり者の警部が現れた。

小ん路が怪訝(けげん)そうに右京を見つめた。

「どなた?」

「ああ、怪しい者ではありません」

右京が警察手帳を掲げるのを目にして、小ん路が弟弟子たちに訊いた。

「警察呼んだのか?」

首を横に振る弟子たちに、右京が曖昧に笑った。

「見学に来ました。呼ばれもしないのに勝手にお邪魔するので、いつも叱られてばかりです」

右京が和装の弟子たちの中に、ひとり私服の男が交じっていることに気づいた。

「あっ、駄々々團さん。あなた、たしか破門になったのでは？　いつでしたか、ネットニュースで見ました。破門はもう解けたんですか？　いや、解けたのならば、この会に出演なさっているでしょうから。あっ、師匠に許しを乞いに？」

「そうですけど……」駄々々團が口ごもる。

「どうですか？」

右京に問われた医師が、神妙な顔で腕時計に目を落とした。

「午後八時七分、死亡を確認しました」

「なるほど……。ろうそくの火が消えるとともに、寿命も尽きたということですか」

右京が手を合わせていると、怪路が飛び出してきて、遺体にすがりついた。

「師匠！『死神』のサゲで本当に逝っちまうなんて、シャレになりませんよ！」

「怪路、落ち着け！」

「怪路！　よしなよ！」

「よしなって！」

小ん路、いろ里、丈團が三人がかりで引き離そうとしたが、怪路はなかなか離れようとしなかった。

およそ一時間後、捜査一課の三人が現場にやってきた。

「呼ばれて飛び出てジャジャジャジャーン」

伊丹憲一が皮肉たっぷりに登場すると、亘が恭しく頭を下げた。

「これはこれは。お待ちしてました」

「病死？」

芹沢慶二が右京に質問した。

「駆けつけた所轄署の刑事によると、そういう判断です」

「死因は？」

「心不全という見立てですが、詳しくは解剖待ちですね」

「ああ、解剖はするんだ」

芹沢のことばに、亘が応じる。

「限りなく病理解剖に近い解剖です。実は團路師匠、長らく癌を患ってたようで」

「癌闘病はもう五年以上になりますかねえ。手術も数回。余命宣告も受けていたはずですよ」

詳しく説明する右京に、出雲麗音が尋ねる。

「でも杉下さんは、病死に疑義をお持ちってことですね？」

「つまり、事件性ありと。俺らを呼び出したってことは、そういうことですよね？」

伊丹が念を押した。


私服に着替えた路里多が、楽屋の前で駄々々團に言った。

「遺体、解剖するんですね」

「うん。行政解剖ってやつ。犯罪を前提に調べるわけじゃないからサクッと済む」

「バカに詳しいですね、兄さん」

「しっかりググったからね」と答えた駄々々團の目が、廊下をこちらへ向かってやってくる右京たちをとらえた。「大変ですね」

右京が言い返す。

「大変なのはそちらじゃありませんか。師匠が急に亡くなられたのですから」

「あっ、そっか……」

「お仲間増えましたね」捜査一課の三人を見て、路里多が目を瞠る。

「紹介しておきましょう。伊丹、芹沢、出雲。おふたりは團路師匠のお弟子さんで……あっ、駄々々團さんは元お弟子さんですね」

駄々々團は内心忸怩たる思いで、「正確にありがとうございます」と笑った。

「いいえ。そしてこちらは一番新しいお弟子さんで……」

「椿家路里多と申します」

「ロリータ？」麗音が訊き返す。

「はい。年増の路里多」

「あなたが年増なら、わたしなんて大年増ですよ」

伊丹が麗音をたしなめる。

「くだらねえこと、言っててんじゃねえよ」

「すみません」

「皆さん、まだ楽屋に？」

亘が訊くと、路里多が「はい」と答えた。


楽屋では私服に着替えた四人の弟子が話し合いをしていた。

「葬儀に関しては、協会幹部の師匠連と相談して進めなきゃならねえだろうな」

小ん路のことばに、怪路がうなずいた。

「盛大に送って差し上げましょうね」

そのとき、ノックの音がして、路里多と駄々々團が入ってきた。そのあとから、右京と亘、さらに三名の見知らぬ者たちが続くのを見て、小ん路が困惑した。

「まだなにか？」

右京は右手の人差し指を立てた。

「ひとつだけ、どうしても気になることがありまして。怪路さん、あなたなんですよ」

「あたし？　あたしがなんだってんです？」

質問したのは亘だった。

「あなた、師匠のご遺体に取りすがって泣いてたんですって？」

「泣きましたよ。いけませんか？」

「それが、あまりにもわざとらしいというか、クサい芝居というか……」

「クサい芝居⁉」

右京が異を唱えた。

「冠城くん、僕はクサい芝居などとは言ってませんよ」

「あっ失礼。クサい芝居というのは俺が敷衍して言いました。要するに、とにかくわざとらしかった……そうですよね？」

「それも昨今、巷で物議を醸している『江戸しぐさ』ならぬ『犯罪しぐさ』とも言うべきわざとらしさで、平たく申し上げれば、犯人の振る舞いでした」

一方的に決めつける右京に、怪路が声をあげる。

「ちょちょちょ……」

「被害者の死を大げさに悲しんでみせるのは、犯人の常套手段です」

小ん路が右京の前に進み出た。

「我々の世界はシャレで生きてるようなもんで、まあ大抵、シャレでもって済ましちまうのが習い性になってるんですけども、でもこれはシャレになりませんよ」

「そうでしょうか？」

小ん路が怪路を示して言った。

「おっしゃるとおり、こいつは大げさでした」

「はい」

「たしかに、わざとらしかった」

「はい」

「でも、それ、あなたのせい」

「はい？」

突然飛んできた流れ弾に驚く右京に、小ん路が訴えた。

「スタンドプレーなんですよ。こいつは、とにかく目立ちたがり屋。ギャラリーがいるとね、張り切っちまうんですよ」

「僕はギャラリーですか？」

「見学に来たって言ってたじゃありませんか、あのとき」

「なるほど」

亘が上司を諌める。

「だから、言ったじゃありませんか、考えすぎだって。いや、この人ね、思い込むともう周りが見えなくなって、一直線。さっさとうちの捜査一課から精鋭呼んじゃうし」

「捜査一課の精鋭……」

駄々々團が見つめる中、捜査一課の三人は警察手帳を掲げて名乗った。

「伊丹です」「芹沢です」「出雲です」

「見ろ、これ！　どうするんだ、これ。てめえが半ちくなことするから、こういうことになるんだろうが！」小ん路が怪路をひっぱたく。「お前なんか、豆腐の角に頭ぶつけて死んじまえ、この野郎！」

いろ里と丈團に止められて気を静めた小ん路が刑事たちに向き合った。

「まあ、ご説明しますとね、わざとらしく見えたのは、あいつが未熟だからなんですよ。芸もせこい。テレビタレントじゃいっぱし気取ってるかもしれませんけどもね、落語家としちゃあ全然下手くそ！　なまじ感情入れたりするとね、見るも無残なんですよ」

怪路が歯噛みしているのも知らず、亘が同意した。

「まあたしかに、にわかの私でも、今日の高座、首かしげましたもんね」

「この間もね、あんまりせこいもんだから、師匠にこき下ろされたんですよ」

「こき下ろされた?」右京が小ん路のことばを繰り返した。「つまり、怪路さんは師匠に叱られたことを恨みに思っていた可能性がありますね」

小ん路が取りなす。

「いやいや! 勘弁してくださいな。なにを言われたって、恨みになんか思いませんよ。我々にとって、師匠は神なんですから。なっ?」

同意を求められ、弟子たちがうなずいた。

「昨今の解釈じゃ、パワハラだ、モラハラだ、なんてことになるんでしょうけど。正直、そんなの日常なんですよ。誰も気にしてませんよ、噺家は。師匠をそれで恨んでる奴なんて、誰ひとりいないんですから。なっ?」

弟子たちが再びうなずいた。


ホールのロビーで伊丹が右京を責めた。

「あんな三文芝居に付き合わせといて、収穫なしじゃ承知しませんよ」

亘が面白がって同調する。

「子供の使いじゃあるまいし、当然ですよね。承知しませんよね?」

そのとき、芹沢のスマホの着信音が鳴った。参事官の中園照生から電話がかかってきたのだった。

　刑事部長室では中園が、固定電話をスピーカー通話に切り替えて、部長の内村完爾の近くに動かした。

「どうぞ」

「ご苦労」内村が通話口に向かってしゃべる。「どうだ？　そっちのあんばいは」

　答えたのは伊丹だった。

――仰せのとおり、特命係に協力中です。いまのところ、ご報告するようなことはなにもありませんが。

「杉下」

　電話の相手が伊丹から右京に代わった。

――はい。

「事件性を疑う根拠がない限り、行政解剖を司法解剖に切り替えることはできん。釈迦(しゃか)に説法だが、よって立つ法律が違う。つまり、お前が伊丹たちに出した要望は、当然のごとく却下だ。我々警察官は法にのっとり正義をおこなう。すなわちなによりもデュープロセスが肝心だ。デュープロセス……この美しい響きを肝に銘じろ。杉下、俺はお前のことは高く評価しているが、法をねじ曲げるようなことは断じて許さん。そんな者には手は貸さん。わかるな？」

——わかってます。

「それから伊丹」

——はい。

「お前らの役目は、今回の件に正しい決着をつけることだ。そのためには、特命係への協力を惜しむな。くどいようだが、恩讐を超えて両者手を携え、国民の生命と財産を守るべく職務を遂行するのだ。以上、健闘を祈る」

電話を切った内村は、中園に向き合った。

「なにか間違ってるか？」

「いえ。正しすぎて面食らっております」

中園は胸の内を正直に明かした。

ホールのロビーでは伊丹が、右京に嫌みをぶつけていた。

「残念でしたね。通り一遍の解剖じゃ、殺害の証拠は出そうにありませんからねえ」

「検査項目を増やしてもらうことはできませんかね？」と右京。

「そんなことしたら、部長に叱られちゃいますから。デュープロセス」

伊丹が法に基づく適正手続を意味する英語を楯に拒んだ。亘が右京に訊いた。

「ところで、本気で怪路さんを怪しんでます？」

「もちろん」

「だけど、あのタイミングでどうやって殺すんですか？」

「そんなこと、わかれば苦労しませんよ。どうもさっきから、君のその物見遊山のような態度が癪に障りますねえ」

「物見遊山？　そりゃ言いがかりですよ。でもね、事件だって言ってるの、右京さんだけですからね。なんか、なるほどと思わせてくれないと、エンジンかからないのも事実ですよね」

亘のことばに、捜査一課の三人が冷ややかな目でうなずくと、右京が発奮した。

「わかりました。皆さんのエンジンをかけてご覧にいれましょう！」

「実はもう当てでも？」

探りを入れる麗音に、右京はこう返した。

「これから考えます」

三

翌朝、特命係の小部屋に入ってきた伊丹と芹沢を出迎えたのは亘だった。

「おはようございます」

奥でコーヒーを飲んでいた組織犯罪対策五課長の角田六郎が、部屋を見渡すふたりに言った。

「杉下はまだだぞ。遅刻だ」

「連絡もなく。どうしました？　おそろいで。あっ、おそろいじゃないですね。いまはかわいい妹分がいますからね」

亘のことばに、芹沢がむっとして応じた。

「出雲は半休」


その出雲麗音は椿家團路の家を訪ねていた。玄関に出てきた路里多に案内されて團路の書斎に行くと、先客がいた。

「杉下さん⁉」

「おや、君でしたか。おひとりで？」

「杉下さんも？」

路里多が麗音に訊いた。

「あなたも師匠の蔵書をご覧になりたくて？」

「えっ……」

意味がわからないようすの麗音に、右京が説明した。

「噺家さんは昔の口述筆記本など、落語関係の珍しい本をいろいろお持ちだったりするものですからね。師匠の蔵書を拝見できないかとやって来たんですよ」

「妙なご縁ですけど縁は縁。落語お好きのようですし、お見せするぐらい、師匠も怒らないだろうと」

路里多が補足すると、麗音はうなずいた。

「そうでしたか。わたしはあなたとお話ししたくって」

「あたしと？」


特命係の小部屋では、ホワイトボードに貼られた椿家團路一門会のチラシを男四人が眺めていた。

芹沢が怪路の写真を指差した。

「怪しいと思わない？」

「破門されたんだぞ。これ以上の恨みはないだろ。疑うなら怪路より、こっちじゃねえのか？」

伊丹はそう言いながら、チラシの横に貼られた駄々團の写真を示した。黒縁眼鏡(めがね)をずり上げて写真を見つめていた角田がうなずいた。

「許しを乞いにわざわざ会場にか……におうな」

「実は殺しに来て、それを実行したのかもしれない」

芹沢が宗旨替えをするのを横目に、亘が言った。

「なんだかんだ、みんな興味津々ですね」


路里多は書斎で麗音にお茶を淹れながら笑った。

「シャレですよ」

「本当にそれで納得してるんですか？」

「年増のロリータ、気に入ってます。ご不満でも？」

「れっきとしたハラスメントだと思いますから。女として、とっても違和感があります」

「噺家から言わせれば、あなたのような方は野暮天。でも、言いたいことはわかります。あたしも女ですから」

受け流そうとする路里多に、麗音が詰め寄った。

「ひょっとして、修業という名のもとに、無理してすべてを受け入れようとしてるんですか？」

「痩せ我慢じゃ、この世界は続きませんよ、きっと」路里多は右京に声をかけた。「気になる本ありましたか？」

「いえ、特には」

書棚から転じた右京の目が、文机の上にあったメモをとらえた。團路の筆跡で「一門会　死神で新趣向　愉快」と書かれていた。右京が路里多に質問した。

「ところで、駄々團さんが破門になったあと、この家にはあなたと師匠のふたりきりだったわけですか？」

「そうですよ。師匠のお世話含めて家の用事、すべて前座修業です」

「ふたりきりで危険は？」麗音が身を乗り出した。「相手は圧倒的に立場が上の男性ですよね」

「師匠はもうおじいちゃんですよ。ましてや病人だったし」

「でも、東の横綱って記事、見ました。年寄りだからって、安全とは限りません。襲われないまでも、セクハラくらいはいくつになったってできますし」

路里多は真面目な顔で答えた。

「覚悟の上で入門してます。でも師匠は、とっても紳士的でした。ご想像を裏切るようで申し訳ありませんけど」

「いえ、こちらこそ、下衆の勘繰りでした。ごめんなさい」

「警察も男社会でしょ？　大変なんじゃありませんか？」

逆に路里多が訊くと、麗音は声を潜めた。

「化石のような男どもの巣窟で目まいがしますよ。あっ、これ、ここだけの話」

右京が路里多に申し出る。

「申し訳ありません。お手洗いを拝借できますかね？」

「こちらです」

「どうも」

廊下の端の便所まで案内してきた路里多に、右京が尋ねた。

「そうでした。昨夜、聞きそびれてしまいましたが、駄々々團さんはどうして破門に？」

亘と伊丹と芹沢は、寄席の近くの喫茶店で、椿家小ん路に同じ質問をしていた。

「師匠のもん売ってお金に換えてるのがバレましてね。お歳暮とかお中元の余りとか、結婚式の引き出物の食器とか、しまい込んだままのやつ。まあ、その程度のもんですけどね」

淀みなく答えた小ん路に、伊丹が確認した。

「ネットかなにかで売って換金してたとか？」

「ええ。そういう了見が気に入らねえって」

「怒って破門？」芹沢が念を押した。

「っていうか、本気で怒ってたわけじゃありませんけどもね、師匠も。ちょいとお灸を据えてやろうってことですかね」

「それじゃあ、もし昨夜、あんなことにならずに師匠にわびることができてれば、破門は解けたってことですかね？」

亘の疑問には、小ん路はこう答えた。

「昨夜、直ちにってのは無理かもしれませんけれども、何度か足を運びゃあね。まあ少なくとも、破門されて恨みに思ってるってことはありませんよ」

特命係の小部屋で亘の報告を聞いた右京は、考え込むように言った。

「違いますねえ」

「違う？」

路里多は駄々々團の破門の原因をこう語ったのだった。

「僕は盗み食いが原因だと聞きました」

――師匠、甘いものが大好物で、大福だのきんつばだの常備してるんですけど、兄さん、ちょくちょくそれを盗み食いしてて……。師匠も長いこと、見て見ぬふりしてたみたいなんですけど、あまりにも度が過ぎるもんで、とうとう……。

亘が疑問を呈する。

「どうして破門理由が食い違うんでしょうね？　どちらかの思い違い、あるいはどちらかが嘘……」

「さらに言えばもうひとつ、どちらも嘘」

「どちらも？」

「おかげでようやく見えてきました」

右京の眼鏡の奥の瞳がキラリと輝いた。

四

右京は椿家團路の弟子たちを一昨日一門会がおこなわれたホールに呼び出した。ホールのステージには高座が作られており、警視庁からは特命係のふたりと捜査一課の三人が顔をそろえていた。

「團路師匠のご葬儀、明日だそうですね。ネットニュースに上がってましたが」

亘が口火を切ると、小ん路が言った。

「たくさんの人が師匠の死を悼んでくださってます。こんなふうに注目されるのは悲しいんですけど……。そんなわけでなんやかんや、みんな忙しいんです」

右京が一歩前に出た。

「なるべく手短に済ませたいと思いますが、それは皆さんの協力次第。さっそくですが駄々々團さん、あなたが破門されたのは、小遣い稼ぎ目的の転売が原因ですか？　それとも盗み食い？」

　駄々々團が潔く認めた。

「どちらもです。転売と盗み食い、両方が理由です」

「なるほど。想定問答で対策済みのようですね。しかし我々だって、想定問答作成済みですよ。冠城くん」

　右京に振られ、亘が追及する。

「盗み食いは笑って済ませられますけど、転売となるとそうはいきません。立派な窃盗……ですね」

　亘の目配せを受け、伊丹が駄々々團に強面（こわもて）で迫った。

「人様のもん、勝手に売ったりしたらアウト。ご同行願えますか？　拒否されるなら然（しか）るべく、逮捕状を用意しますけど」

「ここで手の内を明かしてしまいましょう」と右京。「我々警察がよく使う手、別件逮捕。窃盗罪。おあつらえ向きですからねえ。当然、追及したいことは別にある。殺人です」

「ご同行願います」

「さあ、おとなしく行きますか」

麗音と芹沢に両腕を取られ、駄々々團が慌てた。

「いや、待って待って！　降参！　転売ってのは小ん路兄さんの嘘。シャレ。僕、そんなことやってません！」

すかさず小ん路が割って入った。

「申し訳ない！　ちょいと悪ノリしました。芸人なんてのは国家権力前にすると、おちょくりたくなるんですよ。ましてやおたくらが、だだんが師匠を恨んで殺した、みたいなこと言うから」

「そうだ、失礼だ！　師匠を愛しこそすれ、恨むなんて。なんなら師匠に抱かれたっていいぐらいですよ！」

右京は路里多の前へ移動した。

「あなたのおっしゃってたのもシャレですか？」

「警察相手にシャレなんて……。あたしはまだそこまで芸人の世界にどっぷりじゃありません」

「そう。盗み食いが原因で、それで私、破門にされました。お前みたいな意地汚いのは出てけって」

駄々々團は主張したが、右京は路里多から目を離さなかった。

「失礼ながら、シャレの渦巻く世界の住人である皆さん方の発言は、僕のような猜疑心の強い人間には到底信じられません。よって僕はあなたも嘘をついていると思っています」

「ご自由に……」

「昨日、師匠のお宅へお邪魔した際、お手洗いを拝借しましたが、実は用を済ませたあと、迷いましてね」

「迷った？」

「初めてのお宅だとよく迷うんですよ。書斎へ戻ろうとしたところが、台所へ迷い込んでしまいまして……。すると、そこで妙なものを発見しました。レジ袋に入った和菓子です。師匠の好物だった甘いものでしょうか。袋の中にレシートがあったのですが、なんとひと月ほど前に買ったものでした。どうやらひと月も放置されていたようです」

「室内、調べてたんですか」

路里多が不快そうに責めても、右京は素知らぬ顔だった。

「申し上げたじゃありませんか。迷い込んだんです。そこでたまたま発見してしまっただけですよ」

路里多が精一杯の皮肉をぶつける。

「なかなかお戻りにならないから、てっきり大のほうかとばかり……」

「あの袋はどなたがお置きになったのでしょう？　あなたですか？　それとも師匠？

まあ、実はどちらでも構わないんですがね。問題は、どうして忘れ去られたように、ひと月も放置されていたのか、ですから。見たところ、放置されていたのは、普段の生活動線からは死角になる場所にあったからのようでした。僕は、普段使っていない戸を開けて入ってきてしまったので、気づいたんですよ。よほど慌てて置いて、菓子どころではなくなってすっかり忘れてしまったのか。いずれにしても、レシートの日付の日、その時刻あたり、この家でなにかあったのではないかと妄想たくましくしましてね」

　そのとき、袖から出囃子に合わせて、サイバーセキュリティ対策本部の特別捜査官、青木年男がＣＤラジカセを手に提げて入ってきて、高座の座布団に座った。ＣＤを停めると、出囃子がやんだ。青木は続いて、リモコンでプロジェクターを作動させた。スクリーンに男女の写真が映し出された。

「その妄想に基づいて調べたところ、二名の人物が浮上。十二月十二日の、付近の防犯カメラの映像を解析したところ、この二名が椿家團路の家を訪問していることが判明しました」

「男のほうは弁護士なんだろ？」と亘。

「お前が言うな、冠城亘。男は弁護士の井村修（いむらしゅう）。公に仕事してる立場だから、簡単に特定できました」

「女は？」

「俺のターンだ！　黙ってろ、冠城亘。女のほうはまだわかりません。が、こんな短時間でこの仕事ぶり、自分を褒めてやりたい」

青木のことばを引き取って、右京が路里多に質問を放った。

「このふたりに見覚えは？　師匠のお宅を訪問したようですから、あなたが見かけていても不思議はないのですがねえ」

あの日、使いから帰ってきた路里多は、團路が「お勝手はいいから。部屋戻っておいで。ありがとうね」と人払いしたのが気になり、師匠のあとを追った。そして、團路と来客の会話を聞いたのだった。

「で、どこまで話しましたっけ？」

團路が座布団に座ると、井村修は言った。

「示談ということで収めるのが得策じゃありませんか？　表沙汰になったら困るでしょう？」

初めは團路も強気だった。

「あたしゃ、こう見えて、スケベ大魔王、東の横綱だからね」

「だからって、婦女子を手ごめにしたなんて、誰も褒めてはくれませんよ」

「嫌よ嫌よも好きのうち……」

罪を認めない團路を、被害者の川勝路子（かわかつみちこ）がなじる。

「なわけないでしょ。嫌なものは嫌」

ついに團路が折れた。

「いくら欲しい？」

「慰謝料として三百」

井村が要求した。

こんな重大な秘密をひとりで抱えるのは無理だと思った路里多は、その夜、近所の寺の石段でその目撃談を兄弟子たちに話した。

「結局、師匠は承知したのか？」

小ん路が苦い顔で訊くので、路里多は答えた。

「いくら強がったって、表沙汰は困りますよね」

駄々々團が天を仰いだ。

「不倫とか、そういうレベルじゃないもんな」

「今回は内密に済ませたとしても、この先が不安だな」

嘆く小ん路に、怪路が言った。

「そんなこと言っても、俺らにゃ師匠、止められないいんじゃないですか」

「死神のやつ、なにしてやがる」小ん路が半ば本気で祈る。「早く師匠を迎えに来い！

俺たちに師匠は止められない。ならば死神にすがるしかない」

「兄さん？」

駄々々團が小ん路の正気を疑った。しかし、小ん路は大真面目だった。

「お迎えが来なけりゃ、こっちから送り出すんだ」

路里多がようやく小ん路の意図を悟った。

「それってまさか……」

「決定的に晩節を汚す前に召されていただくのが、師匠のためだ。そうだろう？」

総領弟子は、他の弟子たちに同意を求めたのだった。


右京が回想に浸る路里多を現実に引き戻した。

「いかがでしょう？　なにもお話しいただけませんか。好物の存在も忘れて、ひと月も放置してしまうほどの来訪者。君ならどう解釈します？」

問われた亘が答える。

「弁護士帯同ってことですからね。ずばりトラブル」

「ええ」右京が同意した。

「師匠はなんらかのトラブルを抱え込んだ」

「その後、トラブルが顕在化した痕跡がないようなので、内密に解決したんじゃありませんかね?」

「同感です。では、それがなぜ今回の殺人に結びついたのか?」

伊丹が会話に割り込んだ。

「警部殿の考えでは、師匠殺害は弟子全員でってことですか?」

「あの状況、単独での犯行はあり得ませんよ」

「落語のサゲを利用したんだって?」

殺害方法がわかっていない芹沢に説明するため、亘が高座にのぼった。

「そうそう。こんな感じで……」

亘が座布団の上で手を伸ばし、くずおれた。右京が解説する。

「本来は、すぐに起き上がって観客の拍手となりますが、あの夜は起き上がることなく……」

「死んだ」麗音が右京のことばを継いだ。

「ええ」

「だけど、どうやって殺害したんです?」

伊丹が右京に訊くと、右京は弟子たちに訊いた。

「教えていただけませんか?」

一門は誰もことばを発しなかった。答えが得られなかったので、右京は推理を語ることにした。

「仕方ない。再び僕の妄想を。ヒントは師匠のお宅の書斎にありました。『一門会　死神で新趣向　愉快』という走り書き。一門会で演じるネタ『死神』で、新しい趣向をするのが愉快だ。そういう意味だと思います」

　伊丹はまだわからなかった。

「それがヒントに？」

「ええ」右京がうなずく。「なぜなら一門会での師匠の『死神』に新しい趣向など、なかったんですよ」

「なかった？」

「あのネタで新しい趣向をできるのは、サゲの部分。しかし、あの夜のサゲは現在一般的なしぐさオチ」

　亘がようやく起き上がる。

「いま、俺がやったやつ」

「どこかに新趣向はありましたかね？」右京は弟子たちに訊いたものの、答えは期待していなかった「考えを巡らせているうちに、はたと……倒れたままでいること、それが新しい趣向だったのではないかと」

「倒れたままが？」芹沢が訊き返す。

右京が推理を披露した。

「起き上がらなければ、お客さんはびっくりしますからね。愉快じゃありませんか、そうやってお客さんを騙すのも。つまり、師匠はサゲのタイミングで死んだのではない。いたずら心で死んだふりをしていた。そして幕が下りたあと、殺されたんですよ、ここにいるお弟子さんたちに。毒物を飲ませたか。嗅がせたか。注入したか。具体的な方法はわかりませんが、遺体に外傷などはなかったようですから、毒物の可能性大。しかるべく調べれば、使用した毒物が検出されると思いますよ」

そこで右京は捜査一課の三人を振り返った。

「いかがでしょう、エンジンのほうは」

「かかりましたよ。もうばっちり！」

芹沢が答えると、麗音も被せた。

「フルスロットルでいきます」

伊丹は弟子たちの顔を見回した。

「申し訳ないけど、葬儀はいったん取りやめ。師匠のご遺体押収して、改めて調べさせてもらいますから」

「皆さんの師匠に対する愛情は露ほども疑いません。そんなにも愛する師匠をなぜ殺さなければならなかったのか。どんな理由があったにせよ、あなた方は間違っている！断じて！」

右京の告発を受け、弟子たちはそろってすすり泣きを漏らした。右京が伊丹に頭を下げた。

「あとはお任せします」

ホールから立ち去りながら、亘が言った。

「さしずめ講釈師でしたね、右京さん」

「はい？」

「講釈師、見てきたような嘘を言い」

「妄想か、はたまた嘘か。捜一が確かめてくれるでしょう。いまは落語界の大看板、その死を悼みましょう」

右京がポスターの中で満面の笑みを見せる椿家團路に向かって手を合わせた。亘もそれに倣った。

相棒 season 19（第8話～第13話）

STAFF

エグゼクティブプロデューサー：桑田潔（テレビ朝日）
チーフプロデューサー：佐藤凉一（テレビ朝日）
プロデューサー：髙野渉（テレビ朝日）、西平敦郎（東映）、
土田真通（東映）
脚本：輿水泰弘、金井寛、杉山嘉一、瀧本智行、徳永富彦
監督：杉山泰一、権野元、橋本一
音楽：池頼広

CAST

杉下右京……………………………水谷豊
冠城亘……………………………反町隆史
小出茉梨…………………………森口瑤子
伊丹憲一…………………………川原和久
芹沢慶二…………………………山中崇史
角田六郎……………………………山西惇
青木年男…………………………浅利陽介
出雲麗音…………………………篠原ゆき子
益子桑栄…………………………田中隆三
中園照生……………………………小野了
内村完爾…………………………片桐竜次
社美彌子…………………………仲間由紀恵
甲斐峯秋…………………………石坂浩二

制作：テレビ朝日・東映

第８話　　初回放送日：2020年12月2日

一夜の夢

STAFF

脚本：金井寛　監督：杉山泰一

GUEST CAST

宇野健介 ……………柏原収史　　小早川奈穂美…・上野なつひ

第９話　　初回放送日：2020年12月9日

匿名

STAFF

脚本：杉山嘉一　監督：権野元

GUEST CAST

飯島智子 ………… 藤吉久美子　　矢坂美月 ………… 野村佑香

第10話　　初回放送日：2020年12月16日

超・新生

STAFF

脚本：輿水泰弘　監督：橋本一

GUEST CAST

桑田圓丈 ……………大石吾朗　　鬼丸 ……………… 三国一夫

第11話

初回放送日：2021年1月1日

オマエニツミハ

STAFF

脚本：瀧本智行　監督：権野元

GUEST CAST

大沼浩司(仁江浜光雄)･･･岸谷五朗

第12話

初回放送日：2021年1月13日

欺し合い

STAFF

脚本：徳永富彦　監督：橋本一

GUEST CAST

鈴木･････････････････････マギー　　佐藤･･･････････････････山﨑光

第13話

初回放送日：2021年1月20日

死神はまだか

STAFF

脚本：輿水泰弘　監督：橋本一

GUEST CAST

椿家小ん路･･･････････林家正蔵　　椿家路里多････････ 立石晴香

椿家團路 ･････････････笹野高史

相棒(あいぼう) season19　中　朝日文庫

2021年11月30日　第1刷発行

脚　　本　輿水泰弘(こしみずやすひろ)　金井寛(かないひろし)　杉山嘉一(すぎやまよしかず)
瀧本智行(たきもとともゆき)　徳永富彦(とくながとみひこ)

ノベライズ　碇卯人(いかりうひと)

発行者　三宮博信
発行所　朝日新聞出版
〒104-8011　東京都中央区築地5-3-2
電話　03-5541-8832(編集)
　　　03-5540-7793(販売)

印刷製本　大日本印刷株式会社

定価はカバーに表示してあります

ISBN978-4-02-265013-9

落丁・乱丁の場合は弊社業務部(電話 03-5540-7800)へご連絡ください。

送料弊社負担にてお取り替えいたします。

脚本・輿水　泰弘ほか／ノベライズ・碇　卯人
相棒season18（上）

鍛え抜かれた肉体を持つ連続殺人犯と極北の地で対峙する「アレスの進撃」、青木の父親役で右京が代理婚活パーティーに潜入する「ご縁」など六編。

脚本・輿水　泰弘ほか／ノベライズ・碇　卯人
相棒season18（中）

横領容疑で逮捕された教授たちの真の狙いを解明していく「檻の中」、山岳信仰の残る山村で地面に磔にされた変死体の謎に迫る「神の声」など五編。

脚本・輿水　泰弘ほか／ノベライズ・碇　卯人
相棒season18（下）

スコットランドヤード時代の右京の元相棒との最終決戦に挑む「善悪の彼岸」、不正経理をめぐる謎の転落死の真相を暴く「突破口」など六編。

碇　卯人
杉下右京の密室

右京は無人島の豪邸で開かれたパーティーに招待され、主催者から、参加者の中に自分の命を狙う者がいるので推理して欲しいと頼まれるが……。

碇　卯人
杉下右京のアリバイ

右京はロンドンで殺人事件の捜査に協力することに。被害者宅の防犯カメラには一五〇キロ離れた所にいる奇術師の姿が。不可能犯罪を暴けるか？

碇　卯人
杉下右京の多忙な休日

杉下右京は東大法学部時代に知り合った動物写真家・パトリシアに招かれてアラスカを訪れる。そこでは人食い熊による事件が頻発しており……。